나의 정신병자 애인

나의 정신병자 애인

발 행 | 2015년 11월 27일
저 자 | 이하 빛
펴낸이 | 한건희
펴낸곳 | 주식회사 부크크
출판등록 | 2014.07.15.(제2014-16호)
주 소 | 경기 부천시 원미구 춘의동 202 춘의테크노파크2단지 202동 1306호
전 화 | (070) 4085-7599
이메일 | info@bookk.co.kr

ISBN | 979-11-5811-491-6

www.bookk.co.kr

나의
정신병자
애인

이하 빛 지음

지금은 없는 개를 위해

◆ 차례 ◆

채식주의자

  내 애인은 채식주의자다. 데이트를 할 때마다 우리는 무엇을 먹어야 하는지 고민에 빠지곤 한다.

  내 애인은 한국 식당을 증오한다. 2년 전 영국에서 어학연수를 했는데 거기엔 어떤 식당엘 가도 베지테리안 푸드가 있다는 것이다. 나는 채식주의자가 아니다. 소, 돼지, 닭 가리지 않고 먹는다. 물론 복날도 꼬박꼬박 챙긴다.

  그녈 알게 된지 얼마 안됐을 때 나는 그녀에게 고기 맛을 아냐고 물었다.

  "물론 알지. 어릴 땐 먹었으니까."

  "근데 지금은 왜 안 먹어?"

  "학살자가 되기 싫으니까."

  그녀는 동물을 사랑했다. 그녀는 동물보호단체에도 가입했다. 데이트 비 한 푼 내지 않는 그녀였지만 매달 동물보호기금도 냈다. 그녀의 침대 위에 있는 곰 인형조차 내 눈엔 예사롭

11

지 않게 보였다.

하루는 그녀가 거위의 입을 벌려 사료를 처넣는 영상을 보여주었다.

"잔인하네."

"그렇지?"

그녀는 도살장에 끌려간 똥개 영상도 보여주었다. 개들을 몽둥이로 때리는 장면은 모자이크 처리되어 있었다. 그러나 다음 장면에서 나는 웃음을 터뜨렸다. 개들이 짭짭거리며 고깃국을 먹었기 때문이다.

"왜 웃는 거야?"

그녀가 나를 쏘아보았다.

"이 영상을 보면 나도 고기가 먹기 싫어. 하지만 만일 인간이 소, 돼지를 정중하게 죽이면 괜찮아?"

"정중하게 죽이는 게 가능해?"

"글쎄."

"죽이는 건 죽이는 거야."

"흐음."

"인간은 원래 초식동물이란 얘기가 있어. 장이 육식동물보다 길거든."

그녀가 지식을 뽐내며 말했다. 나는 그녀를 조금 놀리고 싶어졌다.

"하지만 너도 식물을 죽이잖아."

"뭐?"

"식물도 생명이야. 인간으로 따지면 식물인간쯤 될까."

"재미없어."

"농담이 아냐. 식물이 아픔을 느낀다는 말 들어봤지? 술에 취하기까지 한대. 미국 캘리포니아 대학에서 나온 연구 결과야."

내가 으스댔다.

"넌 그런 애들만 골라 먹고 있는 거라고. 매일 같이 그 애들을 잘근잘근 씹어먹지."

"그거랑 그건 달라."

"뭐가 달라? 넌 미나리, 콩나물, 김치도 먹지 말아야 해."

"그만 하라고 했다."

정말, 나는 거기서 그만두었어야 했다.

"T4작전이라고 알아? 히틀러는 모든 하자 있는 인간들을 전부 죽였어. 그런데 아이러니한 건 히틀러도 동물을 아주 사랑했다는 거야."

"그만하라고!"

그녀가 소리질렀다.

"당장 이 집에서 나가, 이 개자식아!"

나는 내 사랑스런 채식주의자 애인과 헤어졌다.

때때로 내가 왜 그렇게 심한 말을 했는지 이해가 되지 않는다. 나는 아마 질투를 했던 것 같다. 그녀의 머릿속을 사로잡고 있던 돼지, 개, 소, 닭 따위에게.

등

그녀가 생각하기에 어쨌거나 등은 앞쪽에 얼굴과 풍만한 가슴, 배꼽과 음모, 성기가 있어야 하기 때문에 어쩔 수 없이 존재하는 것 같았다. 등 바로 아래에는 똥을 싸거나 변태와 게이들을 위한 엉덩이가 있을 뿐이다.

그녀는 자신의 앨범을 펼쳐보았다. 사진 속에서 등을 가진 이들은 전부 등을 숨겼다. 물론 어쩌다 찍힌 이름 모를 행인들 빼고.

'등은 인체 중 가장 순수한 것이로군.'

등은 개성도 없고, 특징도 없었다. 조금 더 곧은가, 구부정한가, 잘록한가, 펑퍼짐한가의 차이만 있을 뿐이었다. 그것은 물론 등이 아닌 앞만 보고서도 충분히 알 수 있는 문제였다.

누구도 등을 의식하지 않았다.

그들은 거울 없이는 자기 등을 볼 수도 없었다.

모든 시선과 평가로부터 자유로운 인체의 성지.

그녀는 어린 시절 자신의 의붓아버지에게 강간당했다. 꼭 그래서는 아니지만 자라서 몸을 파는 여자가 되었다. 그녀는 만나는 남자 손님마다 등을 보고 싶어했다. 관계가 끝난 뒤에는 그들의 등에 입 맞추었다. 그들은 쑥스러워했다. 어떤 손님은 자기를 놀린다고 생각해서 욕을 하기도 했다. 마치 등짝에 못난 자의식이라도 숨겨놓은 것처럼.

하루는 등에 커다란 용 문신을 한 남자를 만났다.

"등에 왜 문신을 했어요?"

"넓고, 깨끗하니까."

그녀는 충격을 받았다.

남자는 그녀의 작고 가녀린 등을 보더니 이렇게 말했다.

"네 등엔 눈이 동그랗고 예쁜 산토끼가 어울리겠어."

이튿날 그녀는 곧장 문신 가게에 갔다. 그리고 그녀의 성지에 산토끼 한 마리를 방사했다. 아팠지만 참을 만했다.

손님들은 그녀의 문신에 깊은 관심을 보였다. 그들은 그녀를 향해 재미있는 여자라고 말했다. 이제 그들은 관계가 끝나고 나면 그녀의 토끼 주둥이에 키스를 했다.

그녀의 별명은 '산토끼'가 되었다. 등에 산토끼를 키우는 여자는 흔하지 않아서 남자들은 그녀를 한 번 보면 잊지 못했다.

그녀는 유명해졌다. 모두가 산토끼를 찾았다.

그녀는 그것을 자신의 숙명이라고 생각했다.

토마토

나는 창문을 열고 썩은 토마토를 던졌다. 토마토는 길 가던 한 남자의 정수리에 떨어졌다. 남자가 욕을 하며 집에 찾아왔다. 나는 그것이 조금 냄새나긴 하지만 사과나 복숭아보다는 물렁물렁하다고 변명했다.

남자가 얼굴을 씻게 해달라고 했다. 나는 문을 열어주었다. 신발을 벗자 그의 발에서 엄청난 악취가 났다. 썩은 냄새로 치자면 토마토보다 더했다. 그가 돌아가는 즉시 바닥을 닦아야겠다고 생각했다.

남자는 좀처럼 나오지 않았다. 잠시 후 "물이 안 나와요!"라는 소리가 들렸고 나는 그럴 리 없다고 반박했다. 만일 그렇다면 조금 전 변기 물 내려가는 소리가 날 리 없다고 말이다.

"직접 와서 보시던가!"

그가 소리쳤다. 내가 들어가자 그가 들고 있던 샤워기로 내 머리를 내리쳤다. 나는 털썩 주저앉았다.

남자가 집안을 뒤지기 시작했다. 나는 바닥에 앉아 꼼짝도 않은 채 생각했다.

그는 도둑이었다.

나는 내가 도둑의 머리에 토마토를 던질 확률에 대해 생각해보았다. 또 내가 던진 토마토에 도둑이 맞을 확률에 대해서도 생각해보았다. 나는 자리에서 벌떡 일어났다. 그리고 그가 옷장에 머릴 처박고 있는 틈을 타 놈의 머릴 후려쳤다.

남자가 비명을 지르며 나동그라졌다. 한 대 더 치려는 순간 뭔가 내 손에 흐르는 걸 깨달았다. 피……. 그러나 그것은 피가 아니라 토마토즙이었다. 막 부패하기 시작한 토마토 냄새가 코를 찔렀다.

"날 죽이려고 했어! 씨발!"

도둑이 소리쳤다. 눈을 감았다. 끝장이라고 생각했다. 나는 본능적으로 내가 토마토를 던진 순간을 떠올렸다. 나는 평소 토마토 같은 걸 창밖에 던지는 인간이 아니다. 그러나 어쨌든 간에 토마토는 던져졌고 그 순간 내 인생은 변하기 시작했다.

"네가 먼저 날 죽이려고 했잖아!"

내가 소리쳤다. 씨발. 목소리가 오지게 떨렸다.

그가 팟 하고 코웃음을 쳤다.

"네가 토마토를 던지지만 않았더라도 그러진 않았을 거야. 네가 상한 토마토만 안 던졌어도 이 지경까지 오지 않았어. 난 이깟 토마토도 먹을 수 없다는 게 화가 났어. 거기서 내 식욕은 폭발하고 말았지."

그는 도둑이 아니었다. 거지였다. 그는 아주 배고픈 얼굴로 엄숙하게 말했다. 나는 내가 거지 머리에 토마토를 던질 확률에 대해 생각해보았다. 그리고 내가 던진 토마토에 거지가 맞을 확률에 대해서도 생각해보았다. 마음이 한결 편안해졌다. 그쪽이 훨씬 더 현실적이었다.

나는 눈앞의 거지를 바라보았다. 남자의 몸에선 여전히 참을 수 없는 역겨운 냄새가 났다. 하지만 어쨌거나 그는 거지였고, 조금도 위험해보이지 않았다. 나는 나지막이, 그러나 그의 비위에 거슬리지 않을 정도의 다정함을 담아 말했다.

"마침 나도 출출하던 차야. 짜장면이면 되겠어?"

고래

열다섯 살 때 그는 땅끝마을로 수학여행을 갔다. 바닷가에
서 아이들은 물놀이를 하고 사진을 찍었다. 그는 피곤해서 갯
바위에 앉아 있었다. 햇살이 눈부셨다. 바닷물이 찰랑거리고,
새털구름 사이사이로 갈매기들이 그악스럽게 오르내렸다. 그때
였다. 바닷물에서 검고 미끈한 뭔가가 쑤욱 하고 올라왔다 사
라졌다.

"무슨 일이야?"

그의 비명 소릴 들은 친구가 물었다.

"고래를 봤어."

"말도 안 돼."

친구가 콧방귀를 끼었다.

"여기 고래가 있을 리 없잖아. 이렇게 물이 얕은데."

그는 정말 고래를 봤다고 우겼다. 친구들이 무슨 일인가 하
고 하나둘 모였다. 친구는 그가 헛것을 봤다고 했다. 여기 있

는 백 명의 아이들 중 누구도 고래를 보지 못했다는 게 그 증거였다. 그는 입을 다물었다. 그러나 그가 본 게 고래였다고 확신했다.

그는 도서관에 가서 고래에 관한 책을 한 권 빌렸다. 고래는 한국에서는 동해와 남해에 주로 회유한다. 돌고래는 보기 쉬워도 고래를 보긴 힘들었다. 일단 고래는 너무 크고 멸종위기에 처해 있다. 고래를 잡는 건 불법이다. 고래는 원래 육지와 물속에 살던 네 발 달린 동물이었다. 고래와 가장 가까운 친척은 하마였다. 고래의 조상 엠뷸러시터스(ambulocetus)는 '걷는 고래'를 의미한다. 그들은 진화하는 대신 물속에 들어가 살기를 택했다.

몇 년이 지나 그는 고등학생이 되었다. 그리고 입시 준비를 시작했다. 낮에는 학교에 가고 밤에는 독서실에 처박혀 지냈다. 고래 일은 자연스레 잊게 되었다. 그는 성적이 우수한 편이었다. 이듬해 봄 서울에 있는 꽤 상위권 대학에 들어갔다.

대학 생활은 즐거웠다. 어떠한 책임도 의무도 없이 그저 놀고 먹기만 하면 되었다. 다달이 계좌엔 용돈이 들어왔다. 그러나 군대에 다녀온 뒤부터 상황이 바뀌었다. 동기들은 툭하면 전쟁이라도 났으면, 하고 입버릇처럼 말했다. 이것은 시대적인 문제였다. 아주 가난하지도 부유하지도 않은 시대는 자기 미래에 판결을 내릴 각오가 되어 있어야 했다. 풍요로운 시대에 절제는 미덕이었다.

그는 공무원 시험을 준비했다. 그것은 이 시대에 가장 트렌디한 직업이었다.

그는 자신 있었다. 최단기로 합격한 학생이 2년이었다. 모두들 3, 4년을 내다보고 공부했다. 너도나도 매달리고 보는 천박함에 비해 합격하려면 꽤나 많은 것을 포기해야 하는 고지식한 시험이었다.

3년 후 그는 시험 공부를 관두었다. 국제법, 경제학, 세계사, 국제정치학 등등 3년을 공부한 끝에 그는 관두었다. 그는 이제 무얼 해야 할지 알 수 없었다. 처음에는 그간 공부한 걸로 무언가 할 수 있지 않을까 생각했다. 하지만 자신처럼 포기하고 나온 사람들이 한둘이 아니었다. 무엇보다도 성취감 없는 지식을 써먹을 만한 곳이 그리 많지 않았다.

그는 자기 안의 무언가가 변해버린 걸 느꼈다. 피곤했다. 마냥 쉬고만 싶었다. 그러나 마음 놓고 쉴 수도 없었다. 그는 자기 자신을 경멸할 줄도, 그렇다고 부드럽게 위로할 줄도 몰랐다. 매일 밤 그는 많은 술을 마셨다. 비틀거리며 집으로 돌아왔다.

그러던 어느 날 그는 불현듯 고래의 검은 등을 떠올렸다. 아이들의 웃음소리, 흰 포말 부서지는 소리가 귓가를 때리던 바닷가의 풍광이 거짓말처럼 눈앞을 서성였다. 이튿날 그는 고속버스를 타고 땅끝마을에 갔다.

모든 게 예전 그대로였다. 상가나 거리 풍경이 조금 바뀌었을 뿐 울퉁불퉁한 갯바위며 바람에 떠가는 갈매기, 광대한 바다의 일률적인 개성에 그는 전율했다. 그는 예전에 앉았던 갯바위에 앉아 -정확하지 않지만 그쯤일 거라고 짐작한 곳- 바다를 굽어보았다. 듬성듬성 흰 배가 떠 있었다. 멀리 낚시꾼도 보였다. 어린 아이들은 허리를 굽혀 조가비나 예쁜 돌을 찾고 있었다. 배가 지나갈 때마다 세찬 물결이 밀려와 갯바위를 후려쳤다. 그때마다 차고 쓸쓸한 고독감이 그의 가슴을 내려치는 것 같았다. 하마터면 그는 울 뻔했다.

점점 시간은 흘러 사위가 조금씩 어두워졌다. 그는 아직도 같은 자리에 머물러 있었다. 조금 추웠지만 견딜만 했다. 그가 자리에서 일어났다. 그는 그 거대하고 아름다운 생물이 바다로 간 이유를 어렴풋이 알 것 같았다.

반지

그해 여름은 비가 많이 왔다.

사흘 내내 내린 비 때문에 발목까지 빗물이 차올랐다. 물은 더럽고, 냄새가 났다. 밤새 누가 게워놓은 토사물과 몰래 싸갈긴 똥오줌으로 뒤범벅이 되었다. 확실히 비는 강이나 바다보다는 위생적이었지만 때와 장소를 가리지 않고 파고드는 방식에 문제가 있었다. 바닥에 닿기 전까지 청결했던 빗물이 삽시간에 똥물로 변해버린 과정을 이해하는 사람은 드물었다. 그 결과 평소 깔끔한 체하던 사람들도 똥물 속은 잘도 걸었다.

그 동네에서도 비가 많이 왔다. 가게며 집안으로 들어온 물을 퍼내느라 모두들 등골이 휠 지경이었다. 그런데 언제부턴가 물에서 지독한 악취가 났다. 구정물치곤 냄새가 너무 지독해서 성미 급한 분식집 주인이 구청에 신고를 했다.

조사결과 하수구에서 어린 여자아이의 시신이 발견되었다. 실종신고가 들어온 지 넉 달 된 아이였다.

조사 결과 아이는 맨홀에 빠졌고, 비가 오기 전에 굶어 죽은 걸로 판명되었다. 아이의 손가락에 반지가 끼어 있어서 부모가 아이를 알아보았다. 반지만은 부패하지 않았다. 부모는 오열했다.

여자친구는 내 얘기를 듣더니 끔찍해라, 하고 말했다.

"어째서 모든 죽음 뒤에는 부패가 있는 걸까?"

그녀가 한숨을 쉬며 물었다.

"죽으면 의미가 없잖아."

"누구한테?"

"그야 죽은 사람한테지. 남들은 내가 죽든 말든 신경도 안 쓸걸."

"흠."

"게다가 죽으면 성가시기까지 하지. 냄새도 나고. 그래서 땅에 묻어버리고 불살라서 강이나 바닷물에 버리는 거야."

"너무해."

"당연한 거야. 내가 아는 사람은 전날까지 함께 잔 애인을 죽었다고 못 만지더라."

"그건 애인이라서가 아닐까?"

그녀는 이 말을 하며 쓸데없이 감상에 젖은 얼굴을 하고 있었다. 우리는 한 달 후에 결혼할 예정이었다.

"넌 안 그럴 거야. 그렇지?"

그녀가 애교스럽게 물었다.

"그래. 난 안 그래."

내가 웃었다. 그녀도 따라 웃었다.

"그런데 대체 이 얘기가 왜 나온 거지?"

"글쎄."

"하지만 네가 먼저 죽는 건 못 볼 것 같아. 있지, 나보다 늦게 죽어줄래?"

"그럴 수만 있다면."

나는 그녀의 손을 잡았다.

"죽음을 너무 끔찍하게 생각하진 마. 부패하지 않는 건 외로운 거야. 철저한 고독이라구. 죽은 뒤 자신을 산화시키는 과정이야. 마지막까지 존재의 책임을 다하는 숭고한 일이지. 그런 의미에서 무생물이 얼마나 무가치한지가 증명되는 거야. 개개의 삶이라는 게 있을 리도 없지만 소유되지 않으면 그 의미를 잃어버리거든."

그녀가 고개를 끄덕였다.

"그래서 말인데."

내가 입을 열었다.

"굳이 비싼 반지를 맞춰야 할 필요가 있을까?"

그녀는 대꾸하지 않았다.

비비

비비는 황 선생과 더 이상 함께 살고 싶지 않았다. 선생은 마흔 살 중반이고 깡마른 체구와 달리 턱살만은 푸짐했다. 언제나 보풀이 올라온 까실까실한 니트를 입고 베이지색 면바지 위에 두꺼운 소가죽 벨트를 헐렁하게 두르는 취향을 가졌다. 눈이 작아보이는 도수 높은 안경을 쓰고 작은 코에 비해 큼직한 콧구멍에는 머리털보다 일찍 쇠어버린 코털이 걸레 모양으로 수북하게 얽혀 있었다.

선생은 방 두 개가 딸린 27평 아파트에서 개 일곱 마리와 살았다. 가족은 없다. 비비가 이 집에 처음 들어왔을 때부터 그는 혼자였다. 그러나 가족사진이랄 것은 몇 장 있었다. 그의 아내는 예쁜 편은 아니었다. 미술교사였고 선생과 같은 중학교에 다녔다. 그러나 이혼 후 다른 학교로 옮겼고 자식들도 데리고 떠났다. 그때부터 선생은 개를 키우기 시작했다. 일곱 마리의 개들은 비비처럼 병원에서 데리고 왔다.

선생의 외사촌은 시가지에서 동물병원을 했다. 병원에는 온정 넘치는 거리의 손길로 병원에 오긴 했지만 개털과 사료값, 지릿한 냄새를 견디지 못하고 그저 '거기까지'인 떠돌이 개들이 많았다. 의사는 돈을 받고 다리를 고쳐준 다음 주인이 없는 게 확실해지면 안락사시켰다.

선생은 이 외사촌의 병원에서 몇 마리를 데려다 키웠다. 비비도 그중 한 마리였다.

일곱 마리의 개들은 비비에게 관심을 보였다. 그들은 생김새도 다르고 크기도 각각 달랐다. 비비는 가장 컸지만 축 처진 눈만큼 겁이 많았다. 한 주먹도 안 되게 생긴 작은 개가 다가와 말했다.

"너 참 못생겼다."

다른 개들이 깔깔대며 웃었다. 비비는 그 말이 무슨 뜻인지 몰랐다. 그러나 비비는 곧 자기가 여덟 마리의 개 중 가장 귀엽지 않다는 걸 알게 되었다.

비비는 커다란 몸집에 청승맞게 늘어진 귀, 빗질을 해도 소용없을 것 같은 검은 털 속에 무식하게 큰 위장을 숨기고 있었다. 비비는 그 사실이 슬펐다. 늘 배가 고팠기 때문이다. 전에 떠돌아다닐 때도 굶주림에 지쳐 풀을 뜯어먹은 적도 있다. 다른 개들처럼 쥐나 닭을 잡아먹진 않았다. 물에 떠오른 죽은 물고기도 먹지 않았다. 이 집에 와서도 마찬가지다.

비비는 겁이 많았다. 개들은 그를 '똥개'라고 불렀다. 선생이 똥개라고 불렀기 때문이다.

개들은 비비를 업신여겼다. 그들은 비비가 겉보기와 달리

온순하다는 걸 알고 텃세를 부렸다. 온 지 사흘째 되던 날, 그들 중 하나가 비비에게 어디서 왔는지 물었다.

"산과 들에서."

"주인은 없었어?"

"주인이라니?"

"전에 널 키우던 주인 말이야."

"없었어."

"부모님은?"

"몰라."

"형제는?"

"없어."

"가엾은 비비."

그들은 비비에게 자신들의 부모, 형제와 전 주인에 대해 말했다. 그들의 얘기는 비비를 가여워한 것 치곤 썩 부럽지 않았다. 할 일 없이 거리를 돌아다니는 떠돌이 개들과의 정사나 자기 개에 애착이 있는 주인의 강요에 의해 생판 처음 본 개와 합방한 어미는 한 번에 열 마리씩 새끼를 낳고 사나흘에 한 번 열리는 장터에 나가 새끼들을 팔곤 했던 것이다.

"너도 그중 한 마리겠지."

비비는 종족의 비정함에 조금 몸을 떨었다.

"비비란 이름은 대체 누가 붙여준 거야?"

'참견쟁이 토토'가 물었다.

"황 선생은 이름 같은 걸 붙일 작자가 아닌데."

"특히 비비 같은 촌스러운 이름은."

또 다른 개가 낄낄거리며 웃었다.

"어떤 여자가 붙여줬어."

"여자?"

"그래, 아주 예쁜 여자야."

비비는 그날의 일을 또렷이 기억한다. 그날 아침 비비는 무언가 잘못 먹고 복통을 일으켰다. 자전거를 타고 가던 한 여자가 풀밭에서 낑낑대는 비비를 발견했다. 그녀는 자전거 바구니에 비비를 넣고 동물병원에 갔다. (그때만 해도 비비는 덩치가 작은 편이었다) 비비가 정신을 차렸을 때 간호사는 '비비'가 깨어났다고 말했고, 비비를 살린 젊은 여자는 감격에 겨운 동시에 난처한 얼굴로 비비와 간호사를 쳐다보았다.

간호사는 비비가 유기견보호센터에 맡겨질 거라고 했다.

"걱정 마세요. 여긴 그런 개들이 많아요."

여자가 비비의 목덜미를 껴안았다.

"안녕, 비비."

젊은 여자가 슬픈 눈으로 말했다.

비비는 병원 창고에 있는 좁은 케이지 안에 갇혔다. 닭장처럼 겹겹이 쌓인 케이지 속에는 각각 칸막이가 되어 있어 여러 마리의 개들이 갇혀 있었다. 그들은 비비에게 말을 걸지 않았다. 비비가 말을 걸라치면 거친 숨소리를 내며 빠드득빠드득 이를 갈았다.

"죽기 싫으면 입 닥쳐, 비비."

그날 밤 그들은 이렇게 경고했다. 의사와 간호사가 퇴근하고 병원은 텅 비어 있었다. 그들은 조금이라두 소리를 내서 외사의 눈에 띌 경우 죽음이 앞당겨질 수 있다는 걸 알고 있었다. 하지만 결국엔 모두 다 죽고 말 거라는 것도 알고 있었다. 그들은 될 수 있으면 황 선생이 오기 전까지 버텨야 한다고 말했다.

"황 선생이 누구예요?"

"우리 같은 개들을 거두는 자비로운 분이지."

눈물자국이 선명한 회색 개가 말했다.

"그 사람은 의사 양반 사촌인데, 역사를 가르치는 중학교 선생이야."

"인간의 역사 말인가요?"

"설마 개의 역사를 가르칠까?"

다른 개들이 헥헥거리며 숨이 넘어가게 웃었다.

"하지만 개의 역사나 인간의 역사나 다를 건 별로 없지."

목 부근에 털이 빠진 늙은 개가 끼어들었다.

"들개가 되느냐 마느냐. 복종하지 않으면 삶은 고달파져. 난 안락함을 버리고 들개의 삶을 택했지만."

"죽을 때가 됐나 보군요."

젊고 다리가 긴 개가 비꼬았다.

"주인한테 미움만 받다 버려진 주제에."

"알지도 못하면서 까불지 마, 제제. 난 사실을 말했을 뿐이야."

"한심한 늙은이 같으니. 당신이야말로 아무것도 몰라요. 내가 아는 한 진짜 사실은 우리가 곧 죽는다는 거예요. 우릴 사랑하려는 사람들이 아무도 없기 때문예요. 개들은 사랑받지 못하면 죽어요. 사랑받으면 살구요. 그게 다예요. 별 거 없죠. 우린 동물원도 못 가요."

"고양이처럼 나무도 못 타고 말이야."

다른 개가 맞장구쳤다.

"그래요."

"치사하군."

어둠을 뚫고 누군가 말했다.

"정말 치사해."

며칠 후 세 마리의 개가 안락사를 당했다. 그들은 앞발을 포개고 고분고분 앉아 있다가 간호사가 케이지에 손을 댄 순간 발광했다. 그중엔 늙은 들개도 있었다. 그는 잡혀가면서 소리질렀다.

"내가 왜 이런 개죽음을 당해야 하나?"

한 달 후 황 선생이 찾아왔다. 개들이 일제히 일어나 꼬리를 흔들었기 때문에 비비는 그가 황 선생인 것을 알았다. 황 선생은 한 달 새 덩치가 분 비비를 보고 걸음을 멈추었다.

"못 보던 개군."

"맘에 드세요?"

간호사가 기다렸다는 듯 물었다.

"맘모스 같아. 얜 이름이 뭔가?"

"비비예요."

"비비. 훌륭하군."

황 선생은 아침 일곱 시에 집을 나가 저녁 여덟 시에 돌아온다. 그가 다니는 중학교는 버스로 십 분 거리에 있다. 그는 자가용이 없다.

그의 방에는 역사 교과서와 교재들, 문제집들, 역사책들이 가득 꽂혀 있다. 개들 때문인지 몰라도 책장에는 흔한 액자나 도자기 인형 같은 것들도 없다. 집안은 정갈해 보이지만 개털과 배설물 냄새 때문에 곳곳에서 지린내가 난다. 그는 집에 돌아오면 곧바로 개들에게 밥을 주고 자기도 저녁을 먹은 다음 샤워를 한다. 그는 샤워를 하면서 속옷과 양말을 손빨래한다. 가끔 한두 마리의 개를 데리고 들어가 씻기기도 한다.

그 일이 일어난 건 사흘째 되는 날이었다.

그날도 어둠이 어슴푸레 깔리자 선생이 돌아왔다. 멀리서 발소리가 나자 개들이 악다구니를 쓰며 문앞으로 달려 갔다.

선생은 꼭지가 달린 물탱크에 물을 채워주고 양푼에 사료를 듬뿍 담아 건네주었다. 그리곤 자기도 식탁 앞에 앉아 흰 밥을 허겁지겁 퍼먹었다. 개들은 뇌진탕에라도 걸릴 기세로 사정없이 머리를 들이밀었다. 비비가 먹으려고 하자 앞니가 부러진 개가 비비의 앞발을 송곳니로 찍었다. 비비가 자지러지며 뒤로 물러났다.

비비는 어쩌다 그들의 혀에 맞고 튕겨나간 사료들을 주워먹었다.

"비비, 이 맘모스 같은 녀석아, 넌 덩치 값을 못하는군."

어느새 밥을 다 먹은 선생이 비비를 내려다보고 있었다. 그는 정강이뼈로 비비를 몰아붙여 안방으로 들어가게 했다. 다른 개가 따라 들어오려고 하자 선생이 개의 배를 걷어찼다.

선생이 문을 쾅 닫았다. 그는 어느 틈에 따로 챙겨들고 온 파란색 사료 그릇을 비비 앞에 놓아주었다.

"많이 먹어라, 비비."

비비는 눈이 휘둥그레져 목이 메어지도록 먹었다. 그러나 비비가 고작 두어 번 굵은 목구멍에 고단백 사료를 부숴 넘겼을 때 선생이 밥그릇을 치워버렸다. 선생은 천천히 팬티를 벗었다. 그리고 덜렁덜렁한 길고 통통한 것을 두 손으로 흔들었다.

"비비, 소시지다. 핥아보렴!"

그러나 그것은 소시지가 아니었다. 검고 빳빳한 털이 머리털처럼 엉겨 붙은 정체불명의 소시지는 비비가 핥을 때마다 조금씩 부풀어올랐던 것이다.

소시지는 아무 맛도 나지 않았다. 비비는 참지 못하고 그것을 깨물었다.

"이런, 똥개새끼!"

선생이 주먹으로 비비의 머리를 두들겨 팼다. 비비가 낑낑 대며 울었다. 선생은 비비가 먹다 남긴 사료를 다른 개들에게 줘버렸다.

이런 일은 한두 번이 아니었다. 일주일에 두세 번 정도 벌어졌다. 선생은 퇴근하면 한 마리 혹은 두 마리의 개를 안방에 데리고 들어가 알몸으로 침대에 누웠다. 그는 비비도 데리고 들어왔다. 비비는 언제나처럼 구석에 엉덩이를 붙이고 앉았다 개들은 서로 달려들어 거대해진 소시지를 핥았다. 개들은 엄청 난 양의 타액을 묻히며 짭짭거리는 소리를 냈다. 모든 일을 해 치우고 나면 선생은 개들에게 큼지막한 개껌을 주었다.

선생은 여전히 구석에 웅크리고 있는 비비에게 다가가 말했 다.

"쓸모없는 것."

그리곤 무좀 걸린 발로 걸어찼다.

선생은 그 짓거릴 안 할 때면 책을 읽거나 책상에 앉아 글 을 썼다. 그가 글을 쓸 때는 어떤 소리를 내서도 안 된다. 또 가까이 다가가 살을 부벼서도 안 된다. 그랬다간 딱딱한 지압 슬리퍼로 얻어맞을 테니까. '대포'의 말에 의하면 그는 시인이 라고 했다. 실제로 그의 이름이 적힌 시집이 몇 권 서가에 꽂 혀 있었다.

"시가 뭐지?"

"인간이 천사의 얼굴로 쓰는 일기야."

"선생이 천사야?"

"아니. 그 반대야. 선생은 악마야. 그래서 가끔 천사가 되고 싶어하지. 단 그 순간이 아주 짧기 때문에 방해하면 싫어하는 거야, 비비."

대포는 3년 전 이 집에 왔다고 했다. 그는 올해 여섯 살로 다른 개들과 어울리는 것을 좋아하지 않았다. 선생이 집을 비 우면 부엌을 뒤지며 난장판을 만드는 다른 개들과 달리 그는 대부분의 시간을 베란다에서 보냈다. 흐리멍덩한 두 눈이 일단 무언가 말하기 시작하면 놀라울 만큼 반짝반짝 빛났다.

"원래 내 이름은 대포가 아냐. 알렉산더지."

"알렉산더?"

"그래. 멋지지?"

알렉산더가 늘씬한 뒷발로 귀를 털며 뻐겼다.

"만일 개들에게도 축복이란 말이 허락된다면 난 축복받은 개였어. 왜냐면 우리 전 주인은 나를 진짜 자식처럼 돌봐줬거든. 그녀는 예쁘고 멋진 여자였어. 하지만 불행하게도 아이를 가질 수 없었지. 그래서 날 데려다 키우게 된 거야. 그런데 내가 두 살 되던 해 그녀는 시험관 아긴가 뭔가 하는 걸 성공해버렸고 그때부터 모든 게 엉망진창이 되어버렸지. 그녀는 아기한테 정신이 팔려 나를 돌보지 않았어. 아기는 작고 예뻤지만 버르장머리가 없었어. 시도 때도 없이 울고 소리지르며 그녀를 괴롭혔거든. 그런데도 그녀는 내가 아기에게 병을 옮길까봐서 나를 남동생에게 맡겨버렸어. 그리고 말했지. '조금만 참아, 알렉산더. 아기가 조금만 자라면 널 데려올게.' 난 기다렸어. 인간의 일 년이 개들에게는 십 년이나 되는 긴 시간이었지만 얼마든지 기다릴 수 있었지. 하지만 남동생 쪽에서 기다릴 자신이 없었던 거야. 그는 날 발로 차고, 때리고, 밥도 굶겼지. 어느 날 그는 날 산책시키는 척하면서 버리고 도망쳤어."

"네 주인을 원망해?"

비비가 어느새 눈물을 글썽이며 물었다.

"아니."

대포가 또다시 뒷발로 귓바퀴를 긁었다.

"개는 개고, 인간은 인간일 뿐이야."

그날 저녁 대포는 황 선생의 방에 들어갔다. 비비는 구석에 웅크리고 앉아 그가 발딱 선 선생의 소시지를 핥고 개껌을 얻어먹는 것을 보았다.

비비는 가끔 병원에 갇힌 친구들을 떠올렸다. 그들은 낮에는 침묵하고 밤에는 끝도 없이 노래를 불렀다. 죽음을 앞둔 개들 치고는 제법 명랑한 개들이었다. 주인 있는 개들은 한 방 건너 다른 곳에 격리되었다.

"잠 좀 자, 멍청이들아!"

때때로 그들 중 하나가 소리질렀다.

"우린 낮에 실컷 자서 잠이 안 와. 억울하면 너희도 낮에 자든가!"

개들이 낄낄거렸다.

그들은 주인 있는 개들을 싫어했다. 그들은 세상이 뭔지 모른다는 것이었다. 하지만 이렇게 말하는 그들 또한 모두들 황 선생이 자길 데려가주기를 바랐다.

황 선생이 비비를 선택한 것은 뜻밖이었다. 간호사가 문을 열고 손을 밀어넣자 비비는 발톱을 세우고 앞발로 버텼다.

"원래 좀 성질이 있는 갠가?"

"아뇨. 순한 갠데, 아마도 자길 해치려는 줄 아나봐요."

간호사가 흔들면 소리가 나는 장난감을 들고 흔들어댔지만 비비는 나가려고 하지 않았다. 옆에 있던 여우처럼 생긴 개가 속삭이듯 말했다.

"겁내지 마, 비비. 넌 살아남은 거야."

비비가 마지못해 밖으로 나갔다. 개들이 폴짝폴짝 뛰며 소란을 떨었다.

"축하해, 비비!"

"행복해야 해, 비비!"

"행운을 빌어, 비비!"

그들은 소리쳤다.

아마 지금쯤 그들은 모두 죽었을 것이다.

산과 들에서 자란 비비에게 주인이 생긴 건 처음 있는 일이었다. 선생은 비비에게 각종 주사를 맞히고 차에 태워 집으로 데려왔다.

"이젠 내가 네 가족이다."

운전석에서 선생이 말했다.

선생은 비비를 데려오자마자 씻기고 먹을 것을 주었다. 이튿날 애견숍에 데려가 털을 손질해주었다. 거울 속에서 부숭부숭하던 털이 싹둑 잘려나가는 걸 비비는 신기하게 바라보았다. 선생은 비비가 대소변을 베란다에 누도록 교육시켰다. 만일 비비가 엉뚱한 데 오줌을 누면 엉덩이를 갈기며 화를 냈다.

예전에 비비는 어디든 갈 수 있었지만 지금은 그럴 수 없다. 집안은 좁았고 개들은 별 것 아닌 일로 사사건건 시비가 붙었다. 그들은 낮에는 떠들고 밤에는 침묵했다. 밤에 떠들었다간 이웃집 여자가 인터폰을 치기 때문이다. 선생은 인터폰 소리가 울리면 욕을 하며 전화를 받았다. 그리고 나선 언제 그랬냐는 듯 점잖은 목소리로 미안하다고 말했다.

선생은 개 여덟 마리를 키우는 걸로 동네에서 유명했다. 여기저기에서 '개선생'으로 불리고 있었다.

비비는 허기졌고 외로웠다. 예전에 비비를 위로해주던 건 꽃과 바람과 나무였다. 이제 바람은 완전히 멎어버렸다. 향기 나는 꽃과 나무들은 전부 창 너머에 있다. 가끔 비비의 목덜미를 어루만지던 햇살도 이젠 멀찌감치 달아나버리고 없다.

비비는 슬플 때면 자기에게 이름을 지어준 여자를 생각했다. 비비를 안아 올리던 그 길고 도톰한 손가락을 떠올렸다. 그녀의 몸에서는 꽃향기가 났다. 무슨 꽃인지는 모르지만 그것은 분명 꽃향기였다. 황 선생의 몸에선 참기 힘든 역겨운 냄새가 났다. 만일 개에게 주인이 있어야 한다면 -반드시 있어야 한다면- 그녀가 비비의 주인이어야 했다. 비비는 그녀를 찾아야겠다고 생각했다. 그녀가 자신을 병원에 맡긴 건 무언가 사정이 있었을 것이다.

비비는 대포에게 그녀를 만나고 싶다고 말했다.

"넌 정말 멍청한 개로구나. 개는 주인을 선택할 수 없어."

"하지만 개와 인간은 친구라고 들었어."

"멍청한 소리 좀 그만 해, 비비. 개와 인간이 친구가 될 수 있는 건 딱 한 가지 이유 때문이야. 개와 인간이 사랑에 목숨을 거는 유일한 동물이기 때문이지. 개와 마찬가지로 인간의 마음은 언제나 사랑할 대상을 필요로 하거든. 하지만 그 사랑은 쉽게 변하지. 거기서 비극이 발생하는 거야, 비비. 인간이 아무리 때리고 도살장에 팔아넘겨도 제 주인을 보면 꼬리를 흔드는 게 개들이지."

"대체 왜 그래야 하지? 난 선생이 싫어."

"넌 쓸데없이 고집만 세군."

"그게 나쁜 거야?"

"사랑받지 못한다는 걸 제외하면."

"선생이 날 사랑해?"

"넌 정말 말귀를 못 알아듣는군. 개의 사랑과 인간의 사랑은 달라. 몇 번을 말하니, 비비."

그날 밤 또다시 황 선생이 비비에게 소시지를 내놓았다. 비비는 기겁하며 도망쳤다. 황 선생은 큰소리로 웃다가 성을 내며 비비를 골방에 가두었다. 비비는 어둠 속에서 밤새 떨었다. 아침에 문이 열리자 대포가 들어왔다.

"난 사랑받고 싶어."

비비가 울면서 말했다.

대포가 한숨을 쉬었다.

"꿈 깨, 비비. 그건 세상에서 가장 어려운 일이야."

어느 날 저녁 선생은 한 남자와 집에 들어왔다.

개들은 요란법석을 피웠다. 선생의 집에 누군가 방문하는 일이 거의 없었기 때문이다. 만일 선생의 집에 누군가 찾아온다면 그건 가스검침원이나 석 달에 한 번 정수기 필터를 갈러 온 여자일 것이다.

남자는 선생과 비교도 안될 만큼 젊고 잘생겼다. 흰 피부에 가늘고 잘 정돈된 눈썹 위로 풍성한 머리는 일부러 파마를 했는지 꼬불꼬불 말려 있었다. 남자가 비비를 보자마자 탄성을 질렀다.

"와, 선생님은 뉴펀들랜드*도 키우시는군요!"

그가 쪼그려 앉아 비비의 북슬북슬한 턱을 긁었다. 비비도 잠자코 있었다.

"저 덩치 말야? 잡종인 줄 알았는데?"

"아뇨! 이건 뉴펀들랜드예요."

그가 말도 말라는 듯 말했다.

"뉴펀들랜드라면 캐나다에 있는 섬 이름이 아닌가?"

"네. 하지만 개 이름이기도 해요. 이 개로 말할 것 같으면 최고의 수중인명구조견이에요."

그가 비비의 앞발을 번쩍 쳐들어 선생에게 보여주었다.

"보세요. 넓적하고 물갈퀴처럼 잘 빠졌죠? 뉴펀들랜드가 틀림없어요."

그날 밤 선생은 욕조에 물을 가득 받아 비비를 던졌다.

비비는 물속에서 허우적댔다. 비비는 태어나서 한 번도 수영을 해본 적이 없었다. 욕조가 좁아서 발톱으로 사방을 긁었다. 선생이 소리쳤다.

"뉴펀들랜드? 웃기시네! 넌 똥개에 불과해!"

그날 이후 남자는 종종 찾아와서 맥주를 한잔씩 마시고 갔다. 그는 선생의 직장 동료로 역사를 가르쳤다. 남자는 비비를 좋아했다. 다른 개들이 먼저 덤벼드는 것과 달리 남자 쪽에서 먼저 비비 쪽으로 와 목덜미를 긁어주었다. 비비도 남자가 싫

---

* 뉴펀들랜드(Newfoundland)

지 않았다. 생각보다 훨씬 다정한 남자였다.

선생이 냉장고에서 캔맥주를 꺼내왔다.

"저도 개나 키우며 살고 싶어요. 개들은 충성심이 강하잖아요."

"그것도 개 나름이지. 자넨 비비를 맘에 들어하는 것 같군."

"네. 멋진 개예요."

선생이 어깨를 으쓱했다.

"원한다면 데려가서 키워보는 게 어때?"

"저한테 주시게요?"

"원한다면."

"아뇨. 됐어요."

남자가 피식 웃었다.

"왜? 유기견은 싫어하나?"

"아뇨. 가족들이 개 키우는 걸 싫어해요."

젊은 남자가 캔맥주를 벌컥벌컥 들이켰다.

"알레르기가 있대요. 와이프가요."

두 사람은 얘기를 계속했다. 그들은 원래 가까운 사이는 아니었다. 그러나 대화 내용으로 미루어보아 젊은 남자가 바람을 피웠고 최근에 아내에게 그 사실을 들킨 모양이었다. 아마도 남자는 우연찮은 기회에 황 선생에게 이 사실을 이야기했을 것이다.

선생은 젊은 남자에게 조언을 해주었다. 그것은 혼자서 개를 키우며 살아도 나쁘지 않다는 것이었다. 남자는 웃었고 그 정도까지 심각한 상황은 아니라고 했다. 그는 아내와 헤어질 마음이 없다고 했다. 설령 헤어진다고 해도 개나 키우며 살지는 않을 거라고 말이다.

"선생님은 참 좋은 분이세요."

남자가 말했다.

"그렇게 생각하나?"

남자가 어깨를 으쓱했다.

"그냥 그런 생각이 들어요."

비비는 자신이 똥개인 줄 알았다. 누구도 자기가 뉴펀들랜드종이라고 말해주지 않았다. 그러나 머리가 구불구불한 그 젊은 남자가 자신이 인명구조견이라는 걸 말해준 순간 비비는 행복했다.

선생이 학교를 간 어느 날 비비는 개들을 피해 화장실로 들어갔다. 욕조는 의외로 높아서 덩치 큰 비비가 들어가기 쉽지 않았다. 간신히 욕조에 들어가 수도꼭지를 눌렀다. 그러나 막상 찬물이 발등에 닿자 기겁하며 욕조를 빠져나왔다.

그날 밤 선생은 집안이 물바다가 된 것을 보고 비비를 흠씬 팬 뒤 또다시 골방에 가두었다. 물기가 채 마르지 않은 몸을 오들오들 떨며 비비는 탈출해야겠다고 생각했다. 선생은 개들을 데리고 산책을 나가는 일도 거의 없었다. 그는 사람들에게 주목받고 싶지 않아했다. 길에서 만난 개들끼리 교감하는 것역시 원하지 않았다. (거기엔 그의 개들이 거세당하지 않은 것도 원인이 있었다.) 그가 개들을 데리고 나갈 때는 병원에 가거나 애견숍에 갈 때뿐이었다.

선생은 비비를 거들떠보지 않았다. 그는 시험기간이 되자 몹시 바빠졌다. 책상에 앉아 시험문제를 만들고 잘못된 게 없는지 검토하는 데 시간을 보냈다. 그 잘생긴 국어 선생도 더이상 오지 않았다. 아마도 아내와 화해했거나 더 이상 선생의 조언이 필요 없게 되었을 것이다.

방학이 되자 선생은 학교에 가지 않았다. 선생은 평소처럼 일찍 일어나 아침을 먹고 청소를 했다. 낮에는 주로 책을 읽거나 시를 썼다. 햇살이 꺾이면 챙이 삐딱한 모자를 쓰고 산책을 나가기도 했다.

그는 외사촌의 병원에서 또 한 마리의 개를 데려왔다. 그개는 비비만큼 몸집이 크고 주둥이가 유난히 길었다. 성질도 포악했다. 하지만 개들만 있을 때만 그랬다. 녀석은 주인에게 사랑받았다. 선생의 소시지를 능숙하게 핥았기 때문이다.

하루는 그가 비비를 물어뜯었다. 비비가 그릇에 담긴 물이 녀석의 물인 줄 모르고 마셔버렸던 것이다. 비비는 목덜미에 상처가 나 피를 흘렸다.

"뭐하는 짓들이야!"

안방에 있던 선생이 화가 나서 달려 나왔다. 선생이 비비를 살펴보더니 욕설을 퍼부었다. 상태가 심각했다. 비비가 거친 숨을 몰아쉬었다.

선생이 옷을 갈아입고 병원에 갈 준비를 하는 동안 대포가 다가왔다.

"비비, 정말 갈 거야?"

"응."

"넌 바보야. 후회할 거라고."

"잘 있어."

비비가 말했다.

선생이 비비를 안아들었다. 이 집에 온 뒤 바깥에 나간 건 애견숍에 간 이래 처음이었다. 선생은 한 번도 비비를 데리고 밖으로 나간 적이 없었다. 선생이 대문을 열자 개들이 마구 짖어댔다.

"조용히 해!"

선생이 소리질렀다. 개들이 더더욱 악을 썼다. 비비는 숨을 죽였다. 상처 부위가 욱신거리며 아팠지만 참을 만했다.

선생은 비비를 차 뒷좌석에 태웠다. 차는 덜컹거리며 이십 분 남짓 달렸다. 비비가 어지럼을 느낄 즈음 차가 멈추었다. 선생이 차문을 열고 나왔다. 선생이 뒷문을 열어 비비를 안아든 순간 비비가 그의 손등을 깨물었다. 아얏! 선생이 비명을 질렀다.

"비비!"

비비는 정신없이 달리기 시작했다. 뒤에서 비비를 부르는 선생의 목소리가 들렸지만 행여 목소리에 붙들릴세라 허겁지겁 달아났다.

찌는 듯한 여름이었다. 주변이 조용했다. 그제야 비비는 달리던 걸 멈추었다. 뜨거운 바람이 비비의 목덜미를 휘감는 게 느껴졌다. 바람이 비비의 길고 북슬북슬한 털을 쓸어넘기고 있었다. 비비는 숨을 고르고 찬찬히 주변을 둘러보았다. 풀과 나무와 들꽃이 보였다. 파란 하늘이 보였다. 구름 위로 새 몇 마리가 날아갔다. 뛰어노는 아이들 사이로 다 큰 어른들이 흐느적거리며 걸어가고 있었다. 낯설지만 익숙한 풍경이었다.

비비의 머릿속엔 오직 한 가지 생각뿐이었다. 뉴펀들랜드로 가는 것!

그 젊고 잘생긴 교사의 말 때문만은 아니다. 비비는 마치 오래 전부터 그곳을 알고 있었다는 느낌이 들었다. 뭐라고 설명할 수는 없지만 이따금 가슴이 따뜻해지며 온몸이 지릿지릿해지는 순간이 있었던 것이다. 비비는 그것이 자신의 고향과 관계가 있을 거라고 생각했다.

그날 저녁 비비는 공사하다 만 콘크리트 건물에서 잤다. 이튿날 아침 눈을 뜨자마자 해가 뜨는 방향으로 달렸다.

비비는 쉬지 않고 달렸다. 배도 고프고 네 발이 바닥에 눌러 붙을 것처럼 더웠지만 꾹 참았다. 한번은 길에서 자전거를 타고 가는 어떤 여자를 보았다. 그녀는 비비를 구해준 여자와 꼭 닮았다. 비비가 반가움에 여자에게 달려들었다.

"저리 가!"

여자가 발로 비비를 걷어찼다. 비비는 컹 소리를 내며 달아났다.

어느 날 비비는 떠돌이 개를 만났다. 그 개는 오랜 시간 떠돌아다닌 만큼 냄새도 나고 기생충도 달고 살았지만 아는 것은 많았다. 그는 비비의 얘기를 다 듣더니 뉴펀들랜드에 가려면 바다를 건너야 한다고 했다. 결코 육지를 통해서는 다다를 수 없다는 것이었다.

"걱정 마세요."

비비가 자랑스레 자신의 넓적한 발을 보여주었다. 비비는
자신이 최고의 수중인명구조견이며 능숙하게 헤엄을 칠 수 있
다고 했다.

"넌 바다를 본 적이 없나보군."

떠돌이 개가 코웃음쳤다. 비비는 당황했다. 놀란 나머지 눈
이 축 쳐진 것도 몰랐다. 떠돌이 개는 그러거나 말거나 딴 데
정신이 팔려 있었다. 그는 어떤 남자가 길모퉁이에 서서 햄버
거를 우적우적 씹어먹는 걸 보고 있었다.

"근데 대체 거길 왜 가려는 거지?"

떠돌이 개가 문득 생각났다는 듯 물었다.

"그야 제 고향이니까요."

비비가 다시 뻐기듯 말했다. 은연중에 자신의 넓적한 발을
다시 척 들어보였다.

"개들한테 고향 같은 건 없어."

떠돌이 개가 기분 나쁜 듯 침을 툭 뱉었다.

"고향은 인간에게나 있는 거야."

떠돌이 개가 바닥에 턱을 깔고 드러누웠다. 비비는 실망했
다.

"하지만 네가 정말 그곳에 가고 싶다면 한 가지 방법이 있
긴 하지."

떠돌이 개가 말했다.

"뭔데요?"

비비가 눈을 크게 떴다.

"사람이 되면 돼."

떠돌이 개가 미친 듯이 웃기 시작했다.

비비는 어리둥절했다. 비비는 딱 한번 대포에게 바다에 관해 들은 적이 있다. 대포의 사랑스런 여주인은 대포를 데리고 바다 여행을 다녀왔다고 했다. 대포는 바다가 하늘과 같은 빛나는 푸른색이고 끊임없이 아래위로 춤을 춘다고 했다. 그러나 바다가 얼마나 넓은지는 말해주지 않았다.

비비는 움츠리고 있던 어깨를 쭉 폈다. 사실 떠돌이 개의 말은 의미 없는 것이었다. 비비는 자신 있었다. 누가 뭐래도 자신은 최고의 수중인명구조견인 것이다. 바다가 얼마나 넓은지 몰라도 자기라면 분명 건널 수 있을 것이다.

비비는 떠돌이 개에게 바다가 어디 있는지 물었다. 떠돌이 개는 생긴 것만큼 답답한 개라느니 무식한 개라느니 욕을 하면서도 친절하게 동쪽 방향을 가르쳐주었다.

"고향에 가면 편지 쓰는 거 잊지 마."

떠돌이 개는 이렇게 말하고 또다시 숨이 넘어가게 웃었다.

남자가 햄버거를 거의 다 먹어치웠기 때문에 떠돌이 개는 더 이상 지체할 수 없었다. 그가 달려가 남자의 종아리를 꽉 물었다. 남자가 비명을 질렀다.

비비는 떠돌이 개가 가르쳐준 방향으로 달리기 시작했다. 얼마나 달려야 할지 알 수 없었지만 달리고 또 달렸다. 비비는 푸른 물이 넘실대는 넓은 바다를 상상했으며 그 바다를 용감하게 건너는 자신을 상상했다. 물속에서 비비는 가벼웠다. 또 잽쌌다. 비비는 바다와 같이 춤을 추었다. 모든 게 완벽했다.

비비는 행복이 무언지 잘 몰랐다. 그러나 지금껏 이토록 행복했던 적은 없다고 생각했다.

비비는 아주 가끔 황 선생을 떠올리기도 했다. 그것은 떠올리기 싫은 기억이었지만 목에 물린 상처처럼 따끔거리며 이따금 비비를 괴롭혔다. 아마도 선생은 지금쯤 또 다른 개들을 고르러 병원에 갔을지도 모른다. 자신의 집이 다름 아닌 바로 그곳이라고 믿는 개들 말이다.

바다는 쉽게 눈에 띄지 않았다. 그러나 비비는 자신의 마음이 이따금 아래위로 출렁거리는 것을 고향에 가까워진 거라 믿었다.

얼마 후 사람들은 웬 개 한 마리가 죽은 채 강가에 떠밀려 온 것을 발견했다.

아기

　여자는 의자에 앉아 있었다. 벨이 울렸고, 현관으로 갔다. 모자를 깊게 눌러쓰고 흰 마스크를 쓴 남자가 포대기에 싼 아기를 안고 있었다. 그녀가 아이를 받아들었다.

　"차라도 마시고 가세요."

　"아뇨. 됐습니다."

　남자가 모자를 깊숙이 눌렀다.

　남자는 아기를 감싸 안은 여자의 손을 바라보았다. 크지도 작지도 않은 손. 반지나 팔찌 같은 건 보이지 않는다. 현관에 있는 붉은 등 때문에 어떤 빛깔인지도 알 수 없다. 그러나 꽤 믿을 만한 손이라고 생각되었다.

　"그럼 잘 부탁드리겠습니다."

　남자가 꾸벅 고개를 숙였다. 그리고 계단 아래로 사라졌다.

　여자는 아기를 안고 남자가 사라질 때까지 지켜보았다. 갑자기 아기가 왕 하고 울음을 터뜨리는 바람에 여자는 아기를 아래위로 흔들며 황급히 방안으로 들어갔다. 여자는 울고 있는 아기를 바닥에 누이고 포대기를 풀어헤쳤다.

아기의 다리는 오그라져 있었다. 마치 재료가 부족해 남은 살덩어리를 대충 붙여놓은 것 같았다.

"우르르 까꿍!"

여자가 눈을 뒤집어까며 말했다. 아기가 울었다. 배가 고픈 모양이었다. 여자는 아기에게 따뜻하게 데운 우유를 먹이고 기저귀를 갈아주었다. 아기가 졸기 시작하자 조심스레 안아 작은 방으로 넘어갔다. 그곳에는 여러 명의 아이들이 있었다.

진호는 눈이 보이지 않았다. 걸음마를 떼면서 자주 물건에 부딪쳐 울었다. 열 살이 된 지금은 울지 않았다. 우는 것도 지겹다는 듯 모든 일에 냉소적으로 변했다. 맹인학교에 다니고 있었다.

올해 일곱 살이 된 소망인 지적장애를 갖고 있었다. 아와 어가 주로 사용하는 말이었다. 소망인 하루 종일 감탄만 했다. 아! 어! 어! 아! 그런데도 그 말은 날이 갈수록 대담해졌고 더 많은 의미를 담게 되었다.

나리는 몸 반쪽에 화상을 입고 재작년 버려졌다. 아홉 살인 나리는 이 집에 온 걸 행운으로 여겼다. 나리는 진호가 눈 멀고 소망이가 모자란 게 다행처럼 느껴졌다. 진호가 화상자국을 만지면 나리는 초콜렛 색깔이라고 말했다. "그렇지?" 나리가 물으면 소망인 "아!" 하고 대답했다.

소망이가 아기를 발견하자 아! 소리를 내며 다가왔다. 여자가 쉿! 하고 입에 손가락을 댔다.

"아기가 깨!"

나리가 소망이를 붙잡고 말했다.

"아기?"

벽에 등을 붙이고 앉아 있던 진호가 물었다.

"응. 아기야. 아주 못생긴 아기."

나리가 아기를 쳐다보며 말했다.

나리는 기저귀 아래로 덜렁거리는 아기의 발을 손가락으로 찔러보았다. 하지만 아기가 깰 만큼 세게는 아니었다. 소망이가 아! 하고 말했다. 겁에 질린 아이처럼 눈을 부릅뜨고 천장을 바라보고 있었다.

"엄마, 또 누가 아기를 버린 거예요?"

진호가 물었다. 여자가 고개를 끄덕였지만 진호 눈에는 보이지 않았다.

"우리에게 선물하신 거지."

여자가 말했다. 나리가 발이랄 수도 없는 살덩어릴 잡고 부드럽게 흔들었다. 아기가 잠에서 깨서 눈을 떴다. 나리를 보더니 울음을 터뜨렸다. 나리가 놀라서 몸을 뗐다. 여자가 얼른 몸을 굽혀 아기를 안아 올렸다.

"아기가 날 보고 울었어요, 엄마."

나리가 입술을 파르르 떨며 말했다. 겁에 질린 오른쪽 얼굴과 달리 왼쪽 얼굴은 신경이 죽어서 꼭 가면을 뒤집어쓴 것처럼 보였다.

"아기는 뭐든 보고 운단다."

여자가 아기를 어르고 달래며 말했다. 소망이가 아기를 따라 물개처럼 소리지르기 시작했다. 아! 아! 아!

"조용히 해, 김소망!"

진호가 소리질렀다. 그리고 여자를 향해 물었다.

"그 애는 왜 버려졌어요?"

"발이 없거든."

여자가 대꾸하기도 전에 나리가 끼어들었다.

"발 대신 밀가루 반죽 같은 게 달려 있어. 이 앤 걸을 수 없을 거야. 내가 때리고 도망가도 날 쫓아오지 못하겠지. 평생. 웃기겠다! 이 앤 어디에도 갈 수 없어."

나리가 아기 발을 때렸다. 아기가 버둥거리며 울었다. 여자가 나리의 어깨를 가볍게 때렸다.

"너 그렇게 말할래?"

"아기가 먼저 날 보고 울었어요, 엄마."

나리가 울상이 되었다.

"아기들은 언제나 울어. 기분 좋을 때 빼곤 말이야."

"아기가 날 보고 기분이 나빠졌나봐요."

"네가 잠을 깨웠잖아."

여자가 말했다.

"엄마, 왜 저런 애들만 우리 집에 오는 거예요?"

진호가 물었다.

"발이 없다니 너무 불쌍해요."

"사람들은 불쌍한 것은 버려."

나리가 끼어들었다.

"불쌍하다고 울면서 버리지. 우리 엄마도 그랬어."

"너흰 불쌍하지 않아."

여자가 말했다.

그때 소망이가 아기의 코에 자기 코를 비비며 아! 하고 말했다. 그 바람에 아기가 놀라서 더 큰소리로 울었다. 나리가 소망이의 이마를 뒤로 밀었다. 소망이가 뒤로 벌렁 나자빠졌다. 그러나 비명은 지르지 않았다.

"배가 고픈가봐요."

진호가 말했다.

"아기들은 위가 작아서 자주 먹어야 한대요."

"네 말이 맞아. 나리야, 아기 좀 보고 있어."

여자가 우유를 데워오려고 일어나 나갔다. 나리가 아기를 품에 안았다. 진호가 아기를 안은 나리를 향해 고개를 돌리고 있다가 그대로 무릎에 고개를 파묻었다. 소망이가 진호를 따라 얼굴을 묻었다.

아기는 울음을 그치지 않았다.

"못된 아가야. 그만 좀 울어."

나리가 다그쳤다.

"못생기고, 불쌍하고, 발도 없는 아가야. 우리가 널 버리기 전에 뚝 그치란 말이야."

아기가 계속 울었다. 잠시 후 여자가 우유병을 들고 들어왔다. 나리가 아기를 주지 않으려고 했기 때문에 여자가 옆에 무릎을 꿇고 앉아 노란 꼭지를 물렸다. 아기가 울음을 멈추고 힘차게 젖꼭지를 빨기 시작했다. 우유를 삼키는 소리가 방안에 울려 퍼졌다.

"잘 먹네요."

진호가 말했다.

여자가 부드럽게 미소 지으며 아기를 내려다보았다. 아기는 눈까지 감고 젖꼭지를 힘차게 빨았다. 조그만 두 손이 우유병을 꽉 붙잡고 있었다. 그 모습을 보며 나리가 웃었다.

소망이가 신이 나서 소리쳤다. 아! 아! 아!

위대한 왕

"남자는 어느 부족의 왕이었어." 여자 친구가 입을 열었다.

"보르네오인지 브루나이인지는 잊어버렸지만, 비읍으로 시작하는 섬이었지. 수백 수천 개의 이름 모를 부족이 모여 사는 곳. 그래서 역사가 없는 곳. 그중 가장 위대한 부족의 왕이었어."

나는 무심코 창밖을 내다보았다. 눈발이 날리고 있었다. 첫 눈인가. 여자 친구는 내 말을 못 들은 척 했다.

"남자는 이미 많은 부족을 정복했어. 말이 정복이지 그들을 지배한 건 아니야. 왕은 위대했기에 관대했어. 그는 다만 그들이 자기를 두려워하는 것에 만족했어. 그가 얼마나 강한 힘을 가졌는지 깨닫게 하는 데 목적이 있었지. 그가 위대한 이유는 그들을 지배하지 않고 통치했기 때문이야. 왕은 평화를 사랑했어. 다른 부족들을 존중했지만 그건 그들이 자발적으로 굴복했기 때문이지."

"잠깐만. 그 왕의 이름이 뭐야?"

나는 그녀 말을 잘랐다. 지루해서 그런 것이다.

"그건 나도 몰라. 어차피 이름 모를 부족의 왕이었으니까. 그게 중요해?"

나는 곰곰이 생각하다가 아니, 라고 대답했다.

"계속해."

그녀가 담배에 불을 붙였다. 내게도 건넸지만 됐다고 사양했다.

"그러니까 이름은 몰라도 위대한 왕이었어. 그런데 어느 날 갑자기 모든 게 시시해져버린 거야. 목적의식을 잃어버렸달까. 부족들은 알아서 그를 경배했고 그가 필요한 모든 걸 가져다줬지. 뱀가죽이나 영양고기 같은 것들 말이야. 왕은 따분해지기 시작했어. 왕은 아직 아내를 얻지 못했지. 그는 겨우 열아홉 살이었어. 하지만 또래 남자들은 모두 결혼해서 자식까지 낳았어. 남자들은 자기 아내를 소중히 여겼어. 자기 여자를 위해 매일 목숨을 걸고 사냥을 나갔거든. 그게 문제였던 거야. 왕은 신중했어. 자기처럼 강한 사람은 그만큼 지킬 가치가 있는 여자와 결혼해야 한다고 생각했지. 그래서 왕은 세상에서 가장 약한 여자를 만나기로 결심했어. 다음날부터 보르네오 섬에 있는—어쩌면 브루나이 섬일지도 모르는 그 섬의 가장 약한 여자를 찾아 헤매기 시작했지."

여자 친구가 재떨이에 담배를 비벼 껐다. 눈발이 계속 날리고 있었다. 나는 계속해, 라고 말했다.

"왕은 마침내 자기가 원하던 여자를 찾아냈어. 그녀는 다른 부족의 족장 딸로 날 때부터 앉은뱅이였어. 족장은 자기 딸이 부끄러워 성인식을 치룬 즉시 격리시켜버렸지. 결혼도 하지 않고 어느 덧 마흔을 훌쩍 넘긴 늙은 다리병신을 왕은 황홀하게 바라보았어. 그건 여자도 마찬가지였어. 그녀는 자기와 스무 살은 나이차가 날 법한 젊은 청년이 자기 앞에 서 있는 걸 눈부시게 바라보았어. 왕은 정말 잘생겼거든. 탄탄한 가슴과 길고 매끈한 다리, 특히 검고 숱 많은 눈썹 아래 부릅뜬 두 눈은 지나가던 늑대도 기죽은 개처럼 꼬리를 내리게 만들 정도였지."

나는 왕의 모습을 상상해보았다. 구릿빛 피부에 근육질인 남자가 금방 완성되었다.

"'여인이여, 내 아내가 되어주시오.'

위대한 젊은 왕이 말했어. 여자는 웃음을 터뜨렸어. 어디선가 자기 얘길 듣고 구경 온 젊은 남자가 자신을 놀린다고 생각했거든. 왕은 굴하지 않고 자신의 신분을 밝힌 뒤 한 번 더 청혼했어. 여자는 남자가 미쳤다고 생각했어. 생긴 건 반반한데 아깝다 뭐 이런 생각도 했겠지. 그것도 모르고 왕은 이제 다시는 누구도 여자를 건들지 못하도록 하겠노라고 로맨틱하게 덧붙였어.

'왕이시여, 당신의 아내가 아니어도 날 건들 사람은 없습니다.'

여자가 코웃음 쳤어.

왕은 기분이 나빴지만 앉은뱅이 여자가 충분히 그럴 만도 하다며 그곳을 떠났어. 하지만 왕이 앉은뱅이 여자를 포기한 건 아니야. 다음날에도 그 다음날에도 찾아와 청혼했으니까. 여자는 슬슬 기분이 나빠지기 시작했어. 대체 자기에게 왜 이러나 싶었겠지. 그때 여자의 머릿속에 기막힌 생각이 떠올랐어. 여자는 왕에게 정말 자신을 아내로 삼고 싶다면 자기처럼 앉은뱅이가 되어달라고 말했어.

'그건 불가능합니다. 만일 그렇게 되면 사냥도 할 수 없고 당신을 위해 싸우지도 못할 테니까요.'

왕이 대답했어. 여자가 이때다 싶어 말했어.

'당신은 위대한 왕이 아니시던가요?'

그건 사실이었어. 위대한 왕은 사냥을 하러 나갈 필요도 없고 사람들과 싸울 필요도 없었던 거야. 왕은 자리를 박차고 일어나 밖으로 나갔어. 그리고 이렇게 큰소리로 외쳤지.

'내 인생 최초로 명령을 따른다면, 그 힘은 바로 사랑이게 하라!'

왕은 칼도 지니지 않고 밀림 속으로 들어갔어. 뒤늦게 그 사실을 안 사람들이 왕을 찾으러 갔을 때 그의 두 다리는 이미 맹수의 이빨에 박힌 뒤였지."

그녀가 이야기를 마쳤다.

"위대한 왕이 아니라 멍청한 왕이네."

내가 큰소리로 웃었다.

눈은 어느 새 그쳐 있었다. 나는 위대한 왕의 결말이 어떻게 되었는지 물었다. 그녀는 말해주지 않았다. 그저 담배만 뻐끔뻐끔 피울 뿐이었다.

몇 달 뒤 나는 내 애인과 헤어졌다. 가끔 그녀가 들려준 위대한 왕 이야기를 떠올릴 때면 나는 보르네오인지 브루나이인지 모를 비읍으로 시작하는 섬의 앉은뱅이 남자를 떠올리게 된다. 모름지기 이별이란 그런 것이다.

모던 러브(Modern Love)

그녀는 예뻤을 뿐만 아니라 지적이었다. 약간 사시 같은 두 눈은 남들보다 많은 것을 보면서 어떠한 의미도 두지 않았다. 그녀는 살면서 가장 해괴한 농담을 했다. 나를 사랑한다고 했던 것이다.

"누구도 널 사랑하지 않을 것 같았거든."

그녀는 누구나 좋아하는 남자는 흥미를 느끼지 못한다고 했다. 누구도 관심 갖지 않는 못나빠진 남자만 사랑할 수 있다고 했다. 그녀 자신은 모든 남자가 좋아할 만한 아름답고 매력적인 여자였음에도 불구하고!

그녀는 나 말고도 사귀는 남자가 몇 명 더 있었다. 나는 그들을 만난 적이 있다. 순전히 우연이었지만 그녀가 좋아하는 레스토랑, 공원, 영화관을 생각한다면 그리 놀라운 일은 아니다.

그들은 나만큼이나 못생기고 말주변이 없으며 시시한 남자들이었다. 우리는 가볍게 눈인사를 했다. 이러한 만남이 다소 비상식적이고 불합리하다고 느끼면서도 우리의 눈은 동시에 이렇게 말하고 있었다. 그녀를 떠날 수 없다고.

우리는 불행했다. 하지만 동시에 행복하기도 했다.

그녀가 여러 사람을 사랑한다고 상상할 수 없다. 그녀의 성실한 미소와 애무는 단 한 번의 실패 없이 나를 격정에 빠뜨렸던 것이다. 나는 질투에 사로잡혔다.

하루는 그녀의 마음에 들려고 꽃을 선물했다. 그녀는 그것을 받자마자 거리에 내동댕이쳤다.

"넌 날 부끄럽게 만드는구나."

나는 미안하다고 사과했다. 그녀는 뾰로통해졌지만 잠시 후 언제 그랬냐는 듯 다정하게 미소 지었다.

"아름다운 걸 보면 난 파괴하고 싶어져."

그녀는 다른 여자와 달랐다. 그녀는 오물 냄새와 지저분한 거리, 낡은 주점과 다방, 시장, 골동품과 나이든 여자들을 좋아했다.

"오해하진 마. 꽃을 싫어하는 건 아냐."

그녀가 낮게 웃다가 귀청이 떨어질 만큼 높은 소리로 웃기 시작했다. 그녀의 눈이 무척이나 우울해보였다.

우리는 밥을 먹고 모텔에 갔다. 아무것도 걸치지 않은 그녀는 눈부셨다. 내 귀에 대고 지시를 내릴 때면 어린 시절 리코더 운지법을 가르쳐준 교생 선생님을 떠올리게 했다.

"오늘은 일찍 가야 해. 약속이 있어."

그녀를 지하철역까지 데려다주고 길을 조금 걸었다. 도시락을 사먹고 편의점 앞에 앉아 담배를 피웠다. 거리를 지나는 사람들을 바라보았다. 지나가는 커플 중에는 나보다 더 못생긴 남자도 많았다. 멀리서 한 여자가 걸어오고 있었다. 나이가 들어보였지만 특별히 관계없었다. 나는 다가가 연락처를 물어보았다. 그녀의 눈이 멸시로 가득 차올랐다.

"미안하지만 전 그쪽 같은 남자를 잘 알아요."

그녀가 으스대며 말했고 아까보다 더 엉덩이를 흔들며 걸어갔다. 나는 달려가 그녀의 얼굴을 주먹으로 때리고 도망쳤다.

오늘밤 그녀를 만지고 탐하며 그녀의 성모 마리아 같은 품 안에 안긴 못생긴 들고양이는 내가 아니다. 친구들은 그녀와 내가 헤어져야 한다고 하지만 어째서 그래야만 하는가? 나는 그들이 너무 피곤하게 사고하는 경향이 있다고 생각한다.

나는 더 이상 잘생겨질 필요가 없으며 책을 읽을 필요도 없다. 꽃을 살 필요도 없으며 무언가 얻기 위해 노력할 필요도 없다. 나는 그녀를 사랑한다. 내가 발전하지 않는 한 그녀는 나를 사랑할 것이다.

완벽한 남자

그의 감각은 오직 한 가지를 빼고 완벽했다. 그 가장 커다란 결여를 대신하기 위해 신은 불공평하게도 그에게 모든 것을 주었다. 그는 똑똑했고 잘생겼으며 돈도 많았다.

"신의 장난인지도 몰라."

진이 말했다.

"자기가 눈을 뜨다니. 남들은 갖고 싶어도 평생 못 갖는 기회야."

진은 속옷만 입은 채 그의 앞에 앉아 있었다. 브래지어는 핑크색이고 팬티는 흰색이다. 앞 못 보는 애인을 두면 이런 점이 편리했다. 속옷을 위아래 세트로 맞춰 입지 않아도 되었다. 진이 담배를 물고 그에게도 한 대 건넸다.

"백 프로 본다고 할 순 없어."

"하지만 볼 확률이 크지. 자기가 날 보게 된다니."

진이 다가가 그의 입술에 입 맞추었다. 그는 잊을만하면 경미하게 나타나는 초조감을 구태여 감추지 않고 그녀를 두 팔 가득 껴안았다.

"걱정되지 않아?" 진이 물었다.

"뭐가?"

"삼십 년을 못 보고 살았잖아. 불안하지 않냐구."

"전혀. 이날만을 위해 살아왔다는 기분이 들 정도야. 대단히 흥분돼."

그가 정직하게 말했다.

"내가 놀란 게 뭔지 알아?"

"뭔데?"

"난 자기가 나 몰래 계속 수술법을 알아보고 있는 줄 몰랐어. 난 자기가 아예 그런 데 관심이 없는 줄 알았거든. 왜냐면 자긴 완벽한 사람이니까."

그가 어이없다는 듯 웃었다.

"이 세상에 완벽한 사람은 없어."

"아냐. 자긴 완벽해. 내가 자기랑 사귀는 것만 봐도 모르겠어?"

진이 그의 목에 매달렸다. 그는 소리 내 웃으면서도 자기 애인의 말을 반박하지 않았다. 진은 대학교수인 아버지의 연구실에 놀러왔다가 아버지와 한참 토론 중인 그를 발견했다. 그녀의 아버지는 평소 근엄한 성격으로 학자적 소신과 고리타분한 사색이 보태져 늘 그녀에겐 따분한 사람이었다. 그런 아버지가 어디서 굴러왔는지 모를 앞 못 보는 청년 앞에서 쩔쩔매고 있었다. 청년은 어떤 공격에도 막힘없이 자기 의견을 또박 또박 밝혔으며 무엇보다도 절대로 주눅 들지 않았다. 그녀는 단숨에 사랑에 빠졌다.

진은 자기 얼굴을 보고 실망할까봐 걱정된다고 했다.

"내 얼굴이 자기 맘에 안 들면 어떡하지."

그는 그럴 리 없다고 했다.

"난 여자 얼굴이 뭔지도 몰라."

그건 사실이었다. 그는 여자 얼굴은커녕 남자 얼굴도 본 적 없었다. 물론 자기 얼굴도 포함해서.

그는 마치 갓 태어난 아기가 맨 처음 본 여자를 엄마로 생각하듯 자기가 최초로 본 여자도 진이었으면 좋겠다고 했다

"내가 자기 엄마가 되길 바란다는 거야?"

진이 자지러졌다.

"그게 아니라."

"알아. 그만큼 날 사랑한다는 거지?"

진이 재빨리 그의 입을 막았다.

"나도 그래. 빨리 그날이 왔으면 좋겠다. 더는 못 기다리겠어."

진이 그의 품안에서 어린애처럼 발을 동동 굴렀다. 그는 그런 진이 사랑스러웠다. 눈을 뜨기만 하면 지금보다 훨씬 더 진을 아껴주리라고 마음먹었다.

그러나 하필이면 수술 날짜가 진의 시험기간과 겹치는 바람에 진과 함께 할 수 없게 되었다.

"자기가 간호사랑 눈 맞으면 어떡해."

진이 울상이 되어 농담을 했다. 그러나 그녀보다 더 실망한

사람은 그였다. 그는 수술을 앞두고 지나치게 긴장한 나머지 수술실로 이동하기 전 진이 손을 꼭 잡아주었으면 하고 바랐던 것이다.

"수술이 끝나자마자 바로 눈뜰 수 있는 건 아냐. 아직 시간이 있어."

그가 웃으며 마치 자기 자신에게 말하듯 진을 위로해주었다.

꼬박 하루하고도 반나절이 걸리는 대수술이었다. 마취 때문에 잠이 들었다 깼다 하다 보니 수술이 끝난 줄도 몰랐다. 정신을 차렸을 때 누군가 그의 손을 꽉 잡고 있었다. 그는 그게 진인 걸 알아차렸다. 얇고 긴 손가락이 그의 손가락 사이사이를 송사리 떼처럼 부드럽게 메웠다.

"사랑해"

진이 속삭였다.

한 달 후 병실에는 의사와 간호사, 진까지 포함하여 네 명이 모여 있었다. 그의 부모는 아들의 부탁으로 집에서 얌전히 소식을 기다리기로 했다. 붕대를 풀기 전 의사는 마음의 준비가 되었느냐고 물었다.

"만에 하나 보이지 않더라도 실망하지 마세요."

의사의 목소리가 우스울 만큼 격앙되어 있었다. 정작 그는 아주 침착했다. 수술할 때는 몹시 긴장했지만 지금은 달랐다. 실패할 확률에 대해서 한 번도 생각하지 않은 게 아니다. 만에 하나 보이지 않더라도 포기하지 않을 마음만 있다면 언제든 기회는 다시 온다고 생각했다. 그는 모든 준비가 끝났다고 말했다.

의사가 천천히 붕대를 풀기 시작했다. 워낙 두툼하게 싸매서 시간이 좀 걸렸다. 막상 벗기기 시작하자 그도 긴장이 되었다. 아무것도 보이지 않는데도 눈앞을 집중해서 보았다. 한 겹한 겹 벗길 때마다 빛이 들어오는 듯한 착각이 들었다. 그는 빛이 뭔지 몰랐다. 어릴 때 아버지는 빛이 그가 보는 것의 정반대라고 설명했다. 정확하게 말하면 그는 아무것도 보지 못했지만 어쨌거나 어둠도 '본다'고 말하면 '볼 수 있는' 것이었다. 그에게 어둠은 하품이 나와도 봐야만 하는 무엇이었다. 따분하고 지루한 무엇. 그는 빛이란 아주 멋진 것이라고 생각했다.

붕대의 두께가 한결 가벼워졌다고 느끼는 순간 연약한 눈두덩이 강렬한 빛에 노출되었다.

"이제 천천히 눈을 떠봐요. 천천히."

의사가 말했다.

그는 심호흡을 하고 천천히 눈을 뜨기 시작했다.

처음엔 아무것도 보이지 않았다. 갑자기 머리가 어지러워서 눈을 깜빡거렸다. 점차 시야가 밝아졌고 이런 게 빛인가 싶을 무렵 완전히 제 시력을 되찾았다. 그의 인생에 단 한 번도 일어나지 않았던 광경 -아니 사건들이 거기 있었다. 그는 처음에 그것을 전혀 구별하지 못했다. 한 번도 본 적 없는 감각의 습격.

"뭔가 보이시나요?"

의사는 수술 전 그에게 시력을 찾고 후회하는 사람들이 많다고 했다. 그 이유는 그들이 단 한 번도 '뭔가'를 본 적이 없기 때문이라고 했다. 그래도 수술하겠느냐고 의사가 마지막으로 물었다.

"네."

그는 흰 가운을 입고 자신에게 고개를 내밀고 있는 의사를 바라보았다. 그는 아주 이상하게 생겼다. 작고 동그란 살덩어리 속에 두 개의 흰 구멍이 뚫려 있고 가운데는 비대칭적으로 우뚝 솟았으며 그 바로 아래 달린 유독 붉고 연약해 보이는 살덩어리 속에 노랗고 딱딱한 알갱이들이 가득 박혀 있었다. 물론 그는 그것이 얼굴인 줄 알고 있었다. 앞서 설명한 것은 눈과 코와 입 그리고 이빨일 것이다. 문제는 그것이 그렇게 흉측하게 생긴 줄 몰랐다는 거지만.

"정말 보이는 거 맞아? 나도 보여?"

옆에서 진의 목소리가 들렸다. 진은 병원에 올 때부터 간호사를 경계하고 있었다. 의사 혼자 들어오게 할 순 없느냐고 어린애처럼 조르기도 했다. 진이 뛰쳐나와 그의 손을 잡았다. 그는 흠칫 놀라며 진을 올려다보았다. 그는 진의 얼굴을 몇 번이나 상상해보았다. 어릴 때부터 그의 두 손은 사람의 얼굴에 대한 자기만의 형상을 그려왔었다. 그것은 실제와 다르긴 했지만 그의 상상 속에서 각자의 개성과 아름다움을 가졌다. 선택의 여지없이 그는 삼십 년 넘게 그 공간에서 살았다. 외롭긴 했지만 나쁘진 않았다. 이미 그가 모든 걸 완성시켜 놓았기 때문이다.

"말해봐. 보여?"

그가 놀라서 진의 손을 뿌리쳤다. 그건 진이 아니었다. 그가 다급하게 두 손으로 눈을 감쌌다.

"왜 그래? 어디 아파?"

의사가 진의 팔을 가볍게 잡아당겼다.

"저흰 나가 있을 테니 괜찮아지면 여기 벨을 누르세요."

진이 싫다고 떼를 썼지만 간호사가 -진이 입을 다물고 있었다면 누가 진이고 간호사인지 구별 못했을 마찬가지의 징그럽게 생긴 여자가- 진을 다독이며 데리고 나갔다. 세 사람이 나가자 병실에 그는 덩그러니 앉아 있었다. 갑자기 찾아온 적막이 어색하기라도 하듯 그는 한참 동안 앉아 있었다. 그는 자기 몸을 내려다보다가 일어나서 천천히 병실을 둘러보았다. 병실 문 옆에는 거울이 걸려 있었다. 그는 천천히 그 앞에 서서 자기 모습을 비추어보았다.

'이게 나라고?'

그는 두 눈을 의심했다. 처음 보는 기이하게 생긴 생명체가 두 눈을 크게 뜨고 있었다. 불안정하게 흔들리는 시선이 낯선 경험을 더 어지럽히고 있었다. 그는 마지막 힘을 쥐어짜듯이 두 손으로 자신의 얼굴을 감싸 쥐고 손에서 얻어지는 감각과 시각을 매치시키기 위해 노력했다. 그것은 매우 어려운 작업이었다.

그는 거울에서 몸을 돌린 뒤 이번에는 다른 사물들에 주목했다. 병실 침대와 시트, 커튼, 액자, 컵과 간이책상, 막 풀어헤친 붕대……. 맨 처음 그는 눈을 감고 그 작업을 해냈다. 먼저 눈을 감고 사물의 감각들을 확인한 뒤 눈을 뜨고 확인하는 식이었다. 그는 컵이 왜 딱딱한지, 시트는 왜 하얀지, 커튼은 어떻게 주름지고 늘어져 있는 건지 주의 깊게 살펴보았다. 그것은 그가 생각했던 것과 전혀 다른 모습과 실체를 가지고 당연하게 존재했다. 오직 그만 제외하고 말이다.

그는 천천히 창가로 다가갔다. 창밖만은 눈을 감지 않고 바라보았다. 그에게 풍경이란 손으로 감각할 수 있는 영역이 아니었다. 그는 다만 여러 가지 단어의 결합과 추상적인 설명-그 설명은 또한 다른 설명을 통해 얻어낸 것이지만-을 통해서 그것을 어슴푸레 추측할 뿐이었다.

사람들은 도시의 풍경이 단조로우며 차갑고 쓸쓸하다고 했다. 나무도 없고 온통 건물뿐이기 때문이다. 그는 창밖으로 빼곡하게 들어선 건물들과 듬성듬성 서 있는 나무를 보았다. 안타깝게도 그는 그것이 건물인 줄 몰랐다. 나무를 보고도 나무인 줄 몰랐다. 산들거리는 꽃과 바닥에 깔린 아스팔트 도로를 보고도 그게 뭔지 몰랐다. 그에게는 다만 알 수 없는 색채와 형태와 불길한 징조만이 있을 뿐이었다.

이런 게 바로 쓸쓸한 풍경이라는 건가. 그러자 그동안 알고 있었던 쓸쓸하다는 감정조차도 뭔지 알 수 없게 되어버렸다.

그는 최초의 도시를 무기력하게 바라보았다. 그는 아무것도 짐작할 수 없었다. 눈을 뜨고 있는데도 아무것도 볼 수 없었다.

"신의 장난일지도 몰라."

그는 한 가지 감각을 제외하고는 모든 것이 완벽한 남자였다. 신은 한 가지 결핍 대신 다른 모든 것을 주었지만 잔인하게도 그 한 가지를 얻자 모든 걸 가져가버렸다.

오디션

"지구는 사라지지 않습니다." 김 박사는 딱 잘라 말했다.

미국 애틀랜타에 있는 한 연구소에 모인 세계 석학들이 자국 취재진들 앞에 서서 각자 자기 방식대로 상황을 설명하기 시작했다. 그들은 불과 며칠 전만 해도 비밀리에 모여서 지구 종말에 관한 자신들의 의견을 교환했다. 몇 가지 증거가 세계 도처에서 발견되었다. 그들은 이 사실을 정부에게 가급적 숨기라고 주문했다. 그리고 오늘에서야 최종결론을 내린 것이다.

한국에서도 김 박사의 모습은 생중계되고 있었다. 그가 조금 뜸을 들였다.

"여러분, 여러분이 사는 이 행성은 태양과 달의 자식 중 가장 영리할지도 모릅니다. 창조와 파괴를 동시에 관장하는 이 자존심 강한 별은 결코 사라지지 않을 겁니다. 그것은 우주의 딸이 가진 사랑과 충만한 예술가적 기질 때문입니다. 예컨대, 백악기 시대 공룡의 야만성과 무성한 잡초를 견디다 못한 그녀는 차갑게 식어버렸고 이후 차가운 지성을 가진 인류를 탄생시켰습니다. 우리는 우주의 딸을 만족시키기 위해 놀랄 만한 역사와 진보를 이룩해냈습니다. 하지만 오늘날 인간이 말하는 풍요와 지구가 말하는 풍요에는 차이가 있습니다. 그녀의 모성에는 한계가 있었지요. 그녀는 인간에 대한 믿음을 져버리기로 마음먹었으니까요. 그 증거로 자신의 가슴속에 있던 희망을 버리기로 했습니다. 다른 말로 '중력'입니다. 지금으로부터 일 년 후 인류는 지구상에서 사라져버릴 겁니다. 이 땅에 발붙이고 있는 모든 것들이 풍선처럼 두둥실 날아오르겠지요."

김 박사의 감성적인 설명에도 불구하고 사람들은 충격에 휩싸였다. 석상은 아수라장이 되었다. 웅성거리는 소리가 들려왔고 겁에 질린 기자들이 질문을 퍼붓기 시작했다.

"방법이 아예 없는 건가요?"

"우리의 과학수준이 그 정도밖에 안 되나요?"

김 박사는 고개를 내저었다.

"물론 방법이 있습니다. 우리는 이 날을 위해서 우주선을 개발했습니다. 그것은 높이 오천 미터에 2천 헥타르나 되는 거대한 우주선입니다. 과학자들은 전부터 이 믿을 수 없는 전망을 조심스레 타진해왔습니다. 그 증거로 오늘에 이르러 확고한 결론을 내리기까지 미국과 러시아는 SALT 외에도 오랜 시간 잠정적인 협약을 맺어왔는데 그것은 중요한 순간 자신들의 우주 기술을 십분 발휘해서 인류를 구원하겠다는 것입니다. 그들은 이러한 동의 하에 우주선을 제작했고 여러 가지 우주관련 기술을 개발했습니다. 나사에서 외계생명체의 존재를 숨기고 있다는 의혹을 많은 사람들이 가져왔지요. 사실 그동안 카메라나 캠코더에 찍힌 미확인물체는 러시아의 비밀위원회가 탐사했던 것입니다. 우리가 그 사실을 알릴 수 없었던 것은 인류가 불안해하는 걸 보고 싶지 않았기 때문입니다."

"우주선은 몇 대지요?"

"그 우주선은 한 대당 십만 명밖에 탈 수 없습니다. 하지만 우주선 대수에는 제한이 있습니다. 여러 해에 걸쳐 만든 토콜 지수를 이용해 각국이 우주선의 할당량을 정했지요. 토콜 지수에는 각국의 인구 수와 세계평화발전 기여도, 우주기술의 역량이나 실험참여도 같은 여러 가지 요소가 포함되어 있습니다. 우주선을 한 대라도 따내기 위해 저희도 노력했지만 상황은 여러 모로 불리했습니다. 일단 한국은 인구가 너무 적고 매년 UN에 내는 후원금이 적으며 북한과의 관계가 마이너스 요소가 되었던 것입니다. 우리가 매년 쌀이며 밀가루, 망아지 따위를 보내주는 것을 국제사회에서, 특히 미국에서 탐탁지 않아했습니다. 우리가 기를 쓰고 우주발사체를 쏘아 올리려고 한 것도 바로 우리의 입지를 다지기 위해서였습니다. 하지만 여러분도 아시다시피, (그는 이 대목에서 상당히 침울한 표정을 지어 보였다) 지난 2009년 8월 25일 나로호 발사가 실패로 끝이 나는 바람에 그나마도 획득할 수 있던 한 대조차도 놓치고 말았습니다. 미국의 경우 전 인구까진 아니더라도 3분의 1가량은 태워서 보낼 수 있을 겁니다. 3분의 1이라고 해도 1억 정도 되니까 어마어마한 숫자지요. 그에 비해 한국에는 달랑 한 대만 옵니다. 네. 한 대뿐입니다. 하지만 생각해 보세요. 한 대라고 하니 어감이 좀 그래도 생존율로 따지자면 400:1이 됩니다. 이건 웬만한 대기업이나 취업경쟁률에 비하면 낮은 수치라고 생각합니다만……."

김 박사는 계속해서 말을 이었다. 그가 물을 마시기 위해 잠시 입을 다물었을 때 한 여기자가 손을 들었다.

"그럼 우주선에는 누가 타게 되지요? 탑승기준이라도 있나요?"

김 박사는 좋은 질문이라는 듯 고개를 살짝 끄덕였다.

"물론이지요. 어떤 경우에나 기준은 존재합니다. 인류는 오랜 역사를 거치면서 위기 상황에 대한 매뉴얼을 갖게 되었고 그것이야말로 자유와 평등이라는 민주주의의 가치를 대변하는 가장 상식적인 기준이 되었습니다. 탑승기준을 발표하기 전에 한 가지 당부 드리고 싶은 것은 국민 여러분이 이 긴박한 사태를 이해하고 일 년밖에 남지 않은 누구에게나 공평한 생명 시한 앞에서 냉정하고 엄숙한 판단을 해주기를 바란다는 것입니다."

여기자가 화면에 잡혔다. 그녀는 그의 말을 단 하나도 놓치지 않겠다는 듯 입을 벌리고 눈을 반짝이고 있었다.

"정부와 과학자들 사이에서는 탑승객들을 어떻게 선발할 것인가에 대한 의견을 몇 차례 나누었습니다. 결론을 내리기까지 몹시 힘든 시기를 거쳤습니다. 우리는 탑승객을 서바이벌 오디션으로 뽑을 생각입니다."

"말도 안 돼!"

누군가 소리쳤다. 한 남자가 쏜살같이 좌중을 헤치고 뛰쳐

나오려는 것을 같이 있던 사람들이 필사적으로 막았다. 남자가 주먹을 휘두르자 옆에 있던 카메라맨이 복부를 향해 주먹을 날렸다. 남자 때문에 하마터면 값비싼 카메라가 망가질 뻔했다.

김 박사는 예상한 반응이라는 듯 한손으로 이마의 땀을 닦았다. 옆에 있던 키가 크고 깡마른 남자가 손수건을 내밀었다. 김 박사가 손수건으로 이마를 닦는 동안 그는 살며시 마이크 앞으로 끼어들었다.

"자자, 여러분, 흥분하지 말고 제 얘기를 들어보세요."

그가 마이크를 제 키게 맞게 고정시켰다. 그 바람에 삑 하고 날카로운 소리가 나서 사람들이 아아 하고 고통스런 소리를 내질렀다.

"저는 비상소집위원회 대표 곽상진입니다. 우리는 오랜 시간 심사숙고했습니다. 이 끔찍한 비상사태에 당면하여 국가와 정부의 중요성을 통감했을 정도입니다. 더욱이 반세기에 걸쳐 이 땅에 우뚝 선 자랑스런 국민에 의한 국민을 위한 국민의 정부는 여러분을 살리기 위해 잠도 못 자고 최선의 방법을 생각해냈다는 걸 알아주시기 바랍니다. 처음에는 세금을 많이 낸 사람들 순으로 정할까도 생각했습니다. 하지만 세금이 교회 헌금처럼 국민들의 자발적 의지에 따른 게 아닌 이상 민주적이지 않다는 결론을 내렸습니다. 연령대별, 직업별로 나누어 그 방면에서 유능한 사람들을 뽑을까도 생각했습니다. 이렇게 되면 십만 명이라는 작은 수 안에서도 다양한 종류의 사람들이 모여 최종적으로는 인간의 씨가 말라버리지 않게 힘을 모을 수 있다고 생각했기 때문입니다. 하지만 이 또한 모든 인간은 존엄성을 가진다는 원칙에 위배되므로 채택하지 않았습니다. 우리의 결론은 아주 단순하면서도 명쾌하고 사려 깊은 방향으로 결정되었습니다. 극한의 오디션을 통해 살아남으려는 의지가 강한 사람만이 살아남을 수 있도록 말입니다."

곽 대표가 마지막 말을 힘주어 드라마틱하게 말했다.

"첫 번째 미션을 말씀드리겠습니다. 지금부터 약 일주일의 기한을 드릴 것입니다. 그동안 여러분은 대한민국 헌법을 전부 외워야 합니다. 살려는 자는 제 10장 130조에 달하는 그 어마어마한 양을 전부 외우게 될 것입니다. 하지만 외우지 못하는 자는 우주선에 탑승할 기회를 얻지 못할 겁니다. 단, 노인과 어린아이들은 반만 외워도 인정하겠습니다."

나의 직업

　나는 서른한 살의 미혼모다. 내게는 수십 명의 자식들이 있다. 문제가 터지면 나부터 찾는 불효막심한 녀석들이.

　내가 해결하지 못하면 그들은 화를 냈고 내가 능력이 없다고 생각했다. 그들은 나를 마음껏 부려먹으면서 내가 그들의 뒷바라지를 제대로 해주지 않는다고 불평했다. 물론 내게 사랑한다는 말조차 한 번 한 적 없다.

　팀장은 내가 공금을 횡령했다고 말했다. 팀장은 우리는 시간으로 장사를 하는데 정해진 목표만큼 매출을 못하면 공금 횡령과 다름없다고 했다.

　홈쇼핑 회사는 국가에서 정식으로 승인해준 몇 안 되는 만물상이다. 칼도 팔고 전복도 팔고 블랙박스도 팔고 청바지도 파는 메뉴 많은 신통찮은 식당과 같다.

　나는 소파를 판다. 침대도 팔고 부엌도 팔고 욕실도 판다. 손님들은 부엌을 설치하고 마음에 안 들면 자신들의 원래 한

심한 부엌으로 되돌려 달라고 우겼다. 또 침대에서는 벌레가 나오고 소파에서 나는 본드 냄새 때문에 자기 딸이 환각작용을 일으켰다고 항의했다. 사람들은 내가 5만 원짜리 재생 매트리스에 자는 줄도 모르면서 내가 뒤에서 몰래 돈을 처먹는다고 의심했다.

그뿐만이 아니다. 매일 자기 물건이 최고라는 사람들이 몰려와 내게 한번만 팔아달라고 애원했다. 그들은 앞에서는 치사하게 웃고 뒤에서는 비겁하게 나를 쌍년이라고 욕했다.

한번은 보일러를 팔겠다는 사람이 왔다. 그는 부도난 회사를 살리고 옛 영광을 되찾고 싶어 했다. 나는 그가 다른 보일러 회사와 달리 뭘 해줄 수 있는지 물었다. 그는 썩은 물을 새 물로 갈아주겠다고 했다.

"모든 집 바닥에는 물이 고여 있어요. 배관에 물이 흐르고 보일러를 켜면 그 물이 끓는 거지요. 그래서 바닥이 따뜻해지는 겁니다. 물을 갈지 않는 이상 그 물은 언제까지나 거기 있어요. 오랫동안 고여 있어서 냄새가 나고 썩어 있지요. 그래서 새 물로 바꿔주는 겁니다."

그가 배관 안에 있는 물 영상을 보여주었다. 배관 끝에서 시커먼 물이 꾸덕꾸덕 쏟아져 나왔다.

"그걸 교체하는 게 무슨 의미가 있나요? 그 물을 마실 것도 아닌데."

내가 하품을 참으며 지적했다. 부도난 회사의 이사는 두 손을 깍지 낀 채 차분하게 말했다.

"그냥, 기분이지요."

나는 회사에 있는 누구와도 어울리지 못한다. 그들은 자기들이 퍽 도시적이며 세련되었다고 믿는다. 거울도 능멸할 만큼 풍부한 상상력을 가진 그들은 얼마나 행복할까?

내가 꿈에 대해 이야기하면 그들은 육십 대 노인만도 못한 반응을 보인다. 뭐라구요? 꿈이 있다구요? 그게 대체 뭔데요?

나는 그들이 내가 말한 꿈을 새로 생긴 마사지샵 이름으로 잘못 들은 게 아닌가 의심된다. 그들은 꿈보다는 결혼에 대해 말하기를 더 좋아하고 소문에 더 귀 기울이는 경향이 있다. 어느 날 내가 주말에 폭스바겐을 타고 이태원의 어느 주차장에 들어가는 걸 봤다는 사람이 나타났다. 내가 별 볼 일 없는 차림으로 회사를 다니지만 그게 전부 개수작이었다고 그들은 한동안 비위상해했다.

나는 내가 어떻게 해야 할지 몰랐다. 다른 건 다 참을 수 있어도 감탄하는 법을 잊어버리는 건 참기 힘들었다.

"일만 하며 살 수는 없어요. 보람도 없는 일을."

하루는 내가 불평했다. 팀장이 내게 물었다.

"그럼 너한테 보람 있는 일이 뭐지?"

나는 망설였다.

"전 소설을 쓰고 싶어요."

나의 동료들이 피식 웃었다.

"한번 가져와봐."

팀장이 명령했다. 그럴 수 없다고 하자 나의 독자는 짜증을 냈고 하루 종일 어떤 결재도 해주지 않았다. 다음날 나는 내 소설을 루마니아인처럼 생긴 나의 독자에게 전달했다. 며칠 후

팀장이 입을 열었다.

"넌 오래 못쓰겠다."

"왜요?"

"넌 이 모 씨를 생각나게 해. 그는 재능 있을지는 몰라도 한계에 부딪쳤고 결국 샛길로 빠졌지. 현실에 상상을 대입할 줄 몰랐거든."

그는 내가 조금만 게으름을 부리면 내 소설을 팀원들에게 돌리겠다고 협박했다. 나는 소설을 돌려달라고 여러 차례 애걸했지만 그는 권태로운 얼굴로 나의 난처함을 즐겼다.

나는 지금 책상 앞에 앉아 행복을 잃어버린 자들을 고발하기로 마음먹었다. 그들 각자의 고충과 불운한 생활은 관심 없다. 나는 상상력이 부족하고 현실감도 부족하며 이도 저도 아니기 때문이다. 나는 오래 쓰지도 못할 것이다. 누가 내게 오래 앉아서 느끼고 감탄하도록 허락하겠는가. 지금 이 순간도 콜센터 상담원들은 치킨집만큼이나 내게 전화하기를 서슴지 않는데.

전조

신은 잠이 오지 않았다. 잠을 자지 않는다고 문제될 건 없지만 신에게도 취향이란 게 있었다. 불면의 고통은 그의 오랜 취미였다. 신은 따분함도 느꼈다.

그는 자리에서 일어나 방을 한 바퀴 돌았다. 오래 전부터 비어 있는 방. 강남의 한 고급 살롱 위에 위치한 방은 월세가 비쌌다. 다른 말로 오랫동안 비워놓아도 상관없는 방이었다. 신은 밤마다 이 방에 와서 머물렀다. 자기에게 필요한 것들도 몇 개 '창조'해 놓았다. 푹신한 침대와 에두아르 마네의 〈풀밭 위의 점심식사〉.

신은 어둠 속에서도 빛을 발하는 여인의 나체를 바라보았다. 모조는 아니었다. 오르세에 있는 진품과 몰래 바꿔치기한 것이다.

창문을 열자 비가 내리고 있었다. 신은 맞은편 건물 아래 남자와 여자가 앉아 있는 것을 보았다. 그들은 비를 피해 불

꺼진 건물 아래로 들어간 것이다. 파 한 단에 500원이라고 적힌 전단지를 깔고 앉아 있었다. 여자는 두 다리를 가슴 앞에 바짝 끌어 모은 채 담배를 피우고 있었다. 남자 역시 한쪽 손에 담배를 끼운 채 어딘가를 바라보았다. 안경 너머 두 눈이 거대한 나무를 바라보고 있었다. 무시무시한 바람이었다. 나뭇가지가 휘어질 때마다 나뭇잎들이 몸을 뒤채며 비명을 질렀다.

"큰일 날 뻔했어."

남자가 말했다.

"하마터면 날아갈 뻔했다구."

"겁나?"

여자가 담배연기를 길게 내뿜었다.

"아니, 전혀? 다치면 아프잖아."

남자가 으스대며 말했다.

"내일부터 본격적으로 태풍이래."

"아직 시작도 안했다는 거군."

"말하자면 전조지."

남자가 고개를 들어 하늘을 바라보았다. 눈썹을 살짝 찌그러뜨렸다.

"내 생활도 그럴까?"

"뭐?"

"이것도 전조인가 싶어서."

"아직 소식 없어?"

남자가 고개를 끄덕였다.

"예전에 한 심사위원이 올린 심사 총평에 이런 말이 있었어. 어떻게 이런 수준으로 데뷔를 할 수 있었는지 알 수 없는 글들도 꽤 있었습니다."

"네 얘긴 아니잖아."

"내 얘기 같았어. 물론 내 얘기가 아닐 수도 있지. 뭐 그건 중요하지 않아. 어차피 그 사람이 채점점수가 적힌 원고를 일일이 돌려줄 일은 없을 테니까."

여자가 씁쓸하게 웃었다.

"넌 어때? 잘 써져?"

남자가 여자에게 물었다. 여자가 금세 눈을 내리깔았다.

"글쎄. 며칠 전엔 파이프에 관한 글을 썼지."

"파이프?"

"보일러 연기가 빠지는 파이프 말야. 파이프가 자기에게 말을 건다고 착각하는 남자의 얘기야. 결국 파이프랑 담판을 지으려고 모텔까지 들어가는데 결국 거기서 맞닥뜨리는 건 파이프가 아니라 자기 자신이야. 그게 정확히 여기 (여자가 목 정중앙을 가리켰다) 여기를 칼로 깊숙이 찌르지."

"흐음."

"하루에도 수십 번 내가 왜 쓰는지 생각해. 하지만 잘 모르겠어. 쓰고 싶으니까 쓰는 거야. 뭘 쓰고 싶은지도 모른 채."

"난 네 글을 좋아해."

남자가 허리를 곧게 폈다.

"특별한 얘기는 아닌데 누구나 할 수 있는 얘기는 아니야. 평범하지만 절대 평범하지 않아. 묘한 분위기가 있지. 난 절대 할 수 없는 이야기야."

"고마워."

여자가 흘러내린 머리칼 속으로 미소 지었다.

"난 그냥 계속 꿈을 꾸게 될까봐 두려운 거야. 이젠 내가 뭔가를 출판한다는 걸 전혀 상상할 수가 없어."

"포기해선 안 돼."

남자가 타이르듯 말했다.

"난 한 번도 내가 안 된다고 생각해본 적 없어. 이건 신념 같은 거야. 살면서 많은 걸 바라본 적도 없지만 그건 말 그대로 원하는 거에 불과해. 하지만 이건 달라. 신념인 거야."

"멋지네."

여자가 진심으로 부럽다는 듯 말했다.

"뭔가 그럴 듯한 걸 창조하기 위해 애쓰는 사람들을 보면 한심해져. 그 동기부터가 전혀 예술적이지 않잖아. 차라리 수학적 사고방식에 가깝지."

남자가 엄지와 가운데 손가락을 이용해 담배꽁초를 멀리 튕겼다.

"창조가 목적이 되어선 안 돼. 내 말은 창조 이전에 무언가 더 있다는 거야."

"예를 들면 신념 같은 거?"

남자가 무안하다는 듯 이를 드러내고 웃었다.

"그래, 신념. 하지만 난 잘 실천하지 못해. 나야말로 뭘 써야 할지 몰라 언제나 머릿속을 관찰하기만 하거든."

"예술은 위선이야."

여자가 조금 차가운 목소리로 말했다.

"우리만 해도 자주 비탄과 오만 사이를 오락가락하잖아."

"아주 틀린 말은 아니네."

두 사람이 동시에 큰소리로 웃었다.

"바람이 점점 더 거세지네."

남자가 고개를 들어 하늘을 올려다보았다. 여자도 남자를 따라 같이 올려다보았다. 바람이 그들을 저 멀리 날려버리진 않았지만 조금 추웠다. 여자가 팔짱을 끼고 이를 딱딱거렸다. 골목 저편에서 한 남자가 걸어오고 있었다. 망가진 우산을 쓰고 있었다. 고정 장치가 고장 난 우산은 남자가 손을 떼는 즉시 자꾸만 남자의 얼굴을 덮어버렸다.

"좀 취한 것 같지?"

두 사람은 멍하니 남자의 뒷모습을 바라보았다.

"그래도 악착같이 쓰고 가네."

남자가 비웃었다.

"비가 오니까."

여자가 당연하다는 듯 대꾸했다.

"이제 25분 남았어."

남자가 휴대폰을 슬쩍 보고 말했다.

"시간 참 잘도 간다."

여자가 담배를 꺼냈다. 불이 안 켜져서 남자가 라이터를 빌려주었다.

신은 창가에 기대어 그들의 대화를 듣고 있었다. 비바람이 몰아쳤지만 신경 쓰지 않았다. 신은 언제나 안전했으므로.

신은 그들이 말한 창조의 의미를 떠올리고 있었다. 처음엔 조금 불쾌했다. 그들을 만든 건 신이기 때문이다. 창조 이전엔 신이 있었다. 하지만 그건 중요하지 않다. 신이 그들을 창조한 건 맞지만 그들의 담론까지 창조한 건 아니기 때문이다.

신은 벽에 걸린 〈풀밭 위의 점심식사〉를 보았다. 그리고 다시 창밖으로 고개를 돌려 두 사람을 바라보았다. 신은 두 명의 섬약한 예술가를 위해 무언가 해주고 싶었다. 신은 고민 끝에 달빛을 모아 그들 건너편에 있는 고장 난 가로등에 집어넣기로 했다.

가로등에 불이 들어오자 남자는 휴대폰을 꺼내 시간을 확인했고 여자는 푸른빛이 돌기 시작한 하늘을 올려다보았다. 두 사람 다 동 트면 켜지는 가로등도 있네, 라며 큰소리로 웃었다.

남자와 여자가 자리를 털고 일어났다. 오랫동안 앉아 있어서 몸이 뻐근했다. 엉거주춤 일어나 주변을 둘러보았다. 어디로 가야할지 몰라 망설이다가 천천히 걸음을 옮기기 시작했다.

신은 멀어지는 두 사람을 바라보았다. 바람이 점점 더 거세지고 있었다.

그녀가 원하는 것

그녀는 태어나면서부터 지금까지 원하는 것이 없었으므로 가장 기본적인 삶과 죽음에 충실할 수밖에 없었다. 그래서 그녀는 삶의 궁극적인 목표를 죽음으로 삼았다.

자살의 기준은 첫째가 의지의 개입 여부다. 그것은 일반적으로 꾸는 사람들의 꿈과 다르지 않다. 그녀는 드라마틱하게 죽고 싶었다. 그래서 수영장 정기 회원증을 끊었다. 복부에 형광 연둣빛 절개 자국이 있는 수영복과 수영모도 샀다. 그녀는 수영을 하지 못했다.

그녀는 강습을 받지 않았다. 그녀는 수영을 배울 마음은 없었다. 그녀는 잠수를 하고 싶었다. 그녀는 숨이 막혀 죽고 싶었다. 물론 어려운 일이었다.

자살은 요리와 같다. 자살을 위해서는 기본적으로 여러 개의 번거로운 손질 과정이 필요하다. 최고의 맛을 내기 위해 비늘을 떼어내고 내장을 제거하며 불필요한 꼭지를 따내는 수고를 마다하지 않아야 한다.

예를 들면 목욕을 하거나, 유서를 쓰거나, 예약문자를 보내거나, 자신의 죽음을 미학적으로 극대화하기 위한 음악을 틀어놓는다거나 뭐 그런 것. 그러나 뭐니 뭐니 해도 살고픈 욕구를 제거하는 게 가장 중요하다고 그녀는 생각했다. 고층건물에서 뛰어내리거나, 다량의 수면제를 먹거나, 동맥을 끊거나, 목을 매거나 뭐 그런 것.

그녀는 가장 날것을 원했다. 죽음만이 그녀가 이십칠 년 인생을 살아오며 가진 유일한 꿈이었으므로.

그녀는 혁명적인 방식을 원했다. 일탈의 본질을 훼손시키지 않는 가장 원시적이고, 진보적인 방식을 원했다.

그녀는 매일 아침 수영장에 가서 숨을 참는 연습을 했다. 호흡은 삶이었다. 그녀는 살고픈 욕구를 참는 연습을 했다. 수면 바깥으로 고개를 쳐들고 싶어도 억지로 턱을 당기고 두 손으로 정수리를 눌렀다. 그러나 번번이 중요한 순간 참지 못하고 물 밖으로 뛰쳐나왔다. 아직은 죽고 싶지 않았다.

연습은 반년째 꾸준히 이어지고 있었다. 폐에 있던 공기가 조금씩 빠져나갈 때마다 그녀의 긴장과 공포감은 극에 달했다. 그녀는 애가 탔다. 중요한 순간 번번이 실패하고 말았다. 물고기처럼 팔딱대는 생명력과 함께 고집스런 어린아이의 의지가 그녀의 꿈을 짓밟아버렸다. 이것은 단언컨대 세상에서 가장 어려운 도전이었다.

그러던 어느 날 그녀는 살고픈 욕구를 처음으로 꺾었다. 깊은 물속에서 잠깐 팔을 버둥거렸지만 전신에 힘을 주어 팔다리의 근육을 경직시켰다. 요령이 생긴 것이다. 숨이란 숨은 모조리 다 뱉었다. 무호흡으로 버틸 수 있는 정신력 또한 고갈되었다. 내부 깊숙이 차오르는 압력 때문에 겉과 속이 뒤집혀버릴 것만 같았다.

그녀는 두 손으로 목을 감쌌다. 딱딱했던 감촉이 부드럽게 변했다. 그녀가 막 정신을 잃으려는 찰나 누군가 그녀를 건져 올렸다.

남자는 수영강사였다. 그는 오래 전부터 그녀를 지켜봤다. 수영은 하지 않고 매일 아침 수영장 구석에서 잠수만 하는 젊고 아름다운 여자를.

남자는 그녀가 잠수 선수일지도 모른다고 생각했다. 그녀는 언제나 잠수만 해댔으므로. 그는 언제부턴가 그녀의 잠수 시간을 체크하기 시작했다. 그녀의 기록은 나날이 향상되어 갔다. 그녀는 세계기록에 근접해가고 있었다. 그리고 그날 세계기록을 갈아치웠다. 남자는 감격해서 그녀가 나오기만을 기다렸다. 그러나 그녀는 나오지 않았다.

1초 2초 3초……. 시간은 빠르게 흘러갔다. 남자는 좋지 못한 일이 일어났음을 직감했다.

그녀는 훗날 이 사건에 대해 이렇게 회상했다.

"인간은 죽으려 하면 할수록 살려고 하는 법이지. 삶과 죽음은 결국 하나야."

여자는 세계잠수기록 보유자가 되었다. 이것은 저명한 제니퍼 로부스키의 실화다. 그녀는 자기 목숨을 구한 수영강사와 결혼했다. 우습지만 그녀가 일생에 이룬 가장 값진 일은 사랑이었다.

목격자

그날 오후 나는 한 여자의 죽음을 목격했다. 앞집에 사는 여자였다. 나는 창문으로 그 집에 한 남자가 들어오는 것을 보았다. 처음에 여자는 미소 지었다. 다음엔 공포스럽게 변했다. 멀리서도 알 수 있었다.

여자가 쓰러졌다. 마치 춤을 추는 것처럼 한 바퀴 팽글 돌며 쓰러졌다. 비명 소리는 들리지 않았다. 여자가 쓰러지면서 이쪽을 쳐다본 것 같기도 하다. 나는 소름이 끼쳤다. 여자는 죽었다. 남자가 그 사실을 몇 번이고 확인했다. 도자기 같이 흰 남자의 얼굴이 빛났다. 햇살을 받았기 때문이다. 남자에게 내 모습을 들킬까봐 창문 옆으로 몸을 숨겼다. 다시 창문을 내다봤을 때 남자는 없었다. 그는 안심하고 떠났겠지만 나는 '목격자'였다.

그가 뭘로 여잘 죽였는지는 모른다. 아마 칼 같은 날카로운 걸로 찔러 죽였겠지.

여자는 쓰러져 있었다. 창 너머로 그게 보였다. 하필이면 이곳에서 여자가 죽어 있는 자리가 너무 선명하게 보여서 섬뜩했다. 혹시나 여자가 움직이지 않을까 생각했지만 여자는 납작 엎드린 채 미동조차 하지 않았다. 남자가 몇 번이고 확인한 사실이다. 여자가 움직일 리 없다. 마치 그 방에 있는 탁자나 티브이나 액자나 컵이나 거울처럼. 절대로, 무슨 일이 있어도, 움직일 리 없는 것. 그게 죽음이었다.

　나는 오랫동안 여자를 쳐다보았다. 이번엔 내가 확인할 차례이기라도 하듯.

　다음날 아침 눈을 뜨자마자 나는 창문으로 여자를 보았다. 밤사이 왼쪽으로 비튼 여자의 목이 오른쪽으로 돌아갔을지도 모른다고 생각하면서. 여자는 같은 자세로 누워 있었다. 왼쪽으로 목을 비틀고 배 아래 집어넣은 두 팔 때문에 약간 올라간 엉덩이, 오른쪽 다리가 왼쪽 다리 위에 -정확히 말하면 발목 위에 엑스 자로 포개어져 있었다. 여자가 늘어진 니트를 입고 있었기 때문에 두 손이 배에 밀착된 모양새가 꼭 임신한 여자처럼 보였다. 물론 그녀가 임신했을 리 없다. 혼자 사는 여자였고 내가 아는 한 그녀를 찾아오는 남자는 한 명도 없었다. 나는 여자를 계속 쳐다보았다. 그녀의 자세가 너무 불편해 보여서 배 아래 깔린 두 손을 빼주고 싶었다.

　나는 이 일을 신고할 생각이 없다. 여자가 좀 더 요염한 자세로 죽었더라면 좋았을 것 같다.

　보름간 여자는 그 자세로 누워 있었다. 나는 사람이 죽으면 썩는다는 걸 알고 있기 때문에 여자가 어떻게 부패할지 기대

되었다. 그것은 두렵기도 하면서 동시에 신나는 일이었다. 내게 이런 종류의 사건은 꽤 오랜만이었다. 나는 집밖을 나가지 않은지 오래되었다. 사람을 만나는 건 귀찮은 일이다. 여자를 만나는 것도 마찬가지다. 욕구는 식물처럼 뿌리를 내렸다. 집에서 모든 걸 해결할 수 있었다. 누구도 날 찾지 않았다. 나는 마지막 세대가 될지도 모른다.

나는 눈을 크게 뜨고 여자를 보았다. 아직까진 멀쩡해 보이지만 여자는 벌써 썩기 시작했을 것이다. 냄새가 나고 문드러진 살틈으로 구더기가 피었을지도 모른다. 별로 동정심이 생기진 않았다. 그녀는 죽었다. 그리고 그 사실을 아무도 모른다. 그녀가 좀 더 살았다고 해서 무슨 의미가 있었겠는가. 내가 보기에 그녀는 살았거나 죽었거나 조금도 다를 게 없다. 그녀가 좀 더 살고 싶었다면 문제가 되었겠지만 어쨌거나 살아 있었어도 별로 특별할 것 없는 인생이었을 것이다.

나는 티브이를 켰다. 뉴스에도 어디에도 살인마 소식은 나오지 않는다. 티브이는 오래 전부터 멈추었다. 뉴스도 쇼 프로그램도 나오지 않는다. 흘러간 옛날 영화들만 반복해서 보여주고 있었다. 오디오도 마찬가지다. 디제이의 목소리를 들은 지 오래되었다. 아마 내가 열여섯 살 때였을 것이다. 디제이가 말했다. 이게 제가 트는 오늘의 마지막 곡이에요. 전 내일부터 안 나올 거예요. 왜냐하면…… 여러분도 아시잖아요!

내 주위엔 과거만이 있었다. 영화도, 노래도, 그녀의 존재까지도. 이 세상은 온통 과거로 가득 차 있었다.

시간은 멈추었다. 아마 나는 그녀를 사랑했던가. 언제부턴가 눈여겨보기 시작했지만 그게 사랑인 줄은 모르겠다. 그녀가 죽는 순간 구역질이 난 건 사실이지만.

아직도 거리를 활보하고 다니는 남자가 남아 있다는 게 신기했다. 그가 들어온 순간부터 나는 이미 겁에 질려 있었다. 그의 출현이 만들 어떤 사건의 징후가 공포에 떨게 만들었다. 그는 누구인가? 왜 그녀를 죽였는가? 지금 어디에 있는가?

나는 숨죽이고 여자를 바라보았다. 여자는 여전히 치워지지 않았다. 아무도 여자가 죽은 지 몰랐다. 마치 처음부터 존재하지 않았던 것처럼.

폭설

삼십 년만의 폭설이었다. 눈은 사람들의 허리까지 차올랐다. 학교는 휴교령을 내렸다. 회사들도 업무를 중단했다.

낮에는 기계들이 육중한 소리를 내며 눈을 퍼 올렸다. 밤이 되면 검은 옷을 입은 사람들이 떼를 지어 다니며 삽으로 파냈다.

때때로 눈은 무거운 소리를 내며 떨어졌다. 그 소리에 놀라 창문을 열면 바닥엔 아무것도 없었다.

폭설이 내린지 일주일이 지났다. 나는 밖으로 나갔다. 여적 녹지 않은 눈들이 군데군데 물웅덩이를 만들었다. 정류장에는 사람들이 털 빠진 비둘기처럼 모여 있었다. 버스는 자주 다니지 않았고, 그래서 그들은 자주 시계를 들여다보았다.

눈이 내리던 날 사람들은 밖으로 뛰쳐나와 약속한 듯 웃음을 터뜨렸다. 그들은 눈을 실컷 맞은 뒤 따끈한 국물과 술로 속을 덥혔다. 그러나 하루만에 -단 하루 만에 그들은 눈을 증오했다. 눈 때문에 불편했고 옷과 신발이 더러워졌기 때문이다. 그들은 빨리 걸을 수도 없었다. 바닥이 미끄러워 넘어지기라도 하면 손과 무릎이 까졌기 때문이다.

잠시 후 버스가 왔다. 나는 강으로 갔다.

파괴와 개발이 잦은 도시이지만 강은 언제나 그대로였다. 강에는 사람이 살 수 없고, 그 위에 누워 헛된 꿈을 꿀 수도 없기 때문이다. 강에는 아무도 보이지 않았다. 벌써 며칠째 누구도 찾아오지 않아서 발자국 하나 찍혀 있지 않았다. 제설기도 없다.

눈은 무릎까지 와 닿았다. 나는 눈을 헤집다시피 하며 나아갔다. 눈이 신발 속을 비집고 들어왔다. 조금 시렸다.

강은 꽝꽝 얼어붙어 있었다. 입을 꽉 다물고 숨조차 쉬지 않는 것 같다. 꼭 죽은 생물처럼. 나는 강 건너편을 바라보았다. 수많은 빌딩 속 빛들, 별들. 모든 게 익숙한 풍경이다. 하나 다른 게 있다면 강물 위에 배가 없다는 것이다. 얼음강엔 유람선이 뜨지 않는다.

나는 저 멀리 걸어오는 한 남자를 보았다. 전에도 그를 본적이 있다. 그는 벤치에 앉아 무언가를 적고 있었다. 마른 편은 아니지만 펜을 잡은 손가락이 길고 날렵했다. 그는 이따금 그 손가락으로 자신의 입술을 쥐었다 놓기도 했다. 그는 생각이 무척 많아보였다. 나는 그가 시인일 거라고 생각했다.

남자가 걸음을 멈추었다. 옷이 두툼해진 것 빼고는 달라진 것은 없다. 이제 보니 그의 코는 옆에서 보던 것보다 조금 둥글었다. 남자는 외투 주머니에 손을 찔러 넣고 강물을 내려다

보았다. 그의 볼은 깊게 패였고, 회색 바지는 젖어서 달무리가
졌다.

남자가 가방에서 무언가를 꺼냈다. 흰 종이뭉치.

그가 밤새워 쓴 시일 게 틀림없다. 남자는 그것을 한참 내
려다보았다. 그의 가늘고 긴 손가락이 원을 그리며 차가운 종
이 위에 머물렀다 사라졌다. 단조로운 움직임. 그때였다. 남자
의 손가락이 갑자기 입술 대신 종이를 잡았다. 남자가 종이 뭉
치를 한 장 한 장 떼어 강물 위에 던졌다.

흰 종이가 바람을 타고 날았다. 바람이 거셌다. 큰 소리를
내며 몰아치는 바람은 아니었다. 나는 숨을 멈추고 종이를 바
라보았다. 서걱서걱 종이가 나는 소리를 들은 것 같기도 하다.
종이는 바람을 타고 강물 위를 날아 천천히 내려앉았다. 눈처
럼, 죽은 이의 영혼처럼.

남자가 돌아섰다. 그의 어깨가 비정상적으로 약간 기울어져
있었다. 젖은 발 때문인지 비틀거리며 걸었다.

나는 강물을 내려다보았다. 남자가 사라진 자리. 그리로 천
천히 다가가자 딱딱하게 언 수면이 모습을 드러냈다. 천천히
발을 내딛자 와작 하는 소리가 났다. 다행히 강물은 깨지진 않
았다. 아주 잠깐 몸을 뒤챘을 뿐이다.

강물은 미끄러웠다. 나는 검은 수면 위를 조심조심 걸었다.
종이가 여기저기 흩뿌려져 있었다. 그중 한 장을 주웠다. 어두
워서 글씨가 잘 보이지 않았다. 주머니에서 휴대폰을 꺼내 비
추어보았다. 거기에는 아무것도 쓰여 있지 않았다.

돌아오는 길에 나는 강물에 빠졌다. 날카로운 소리와 함께.

비명을 질렀던 것 같기도 하다. 나는 빈 종이를 움켜쥔 채 가라앉았다.

지금 이 순간 그는 자신이 얼마나 위대한 시를 썼는지 알까?

나의 이웃 1

내가 사는 방은 4층 건물의 3층에 있다. 1층은 중국집이고 2층은 음악학원이다. 3층과 4층은 원룸으로 쓰인다. 2층은 원래 미술학원이었다. 내가 이 집에 들어온 이유는 조용해서였다.

그런데 어느 날 학원 문이 열려져 있고 물건들이 길거리에 나와 있었다.

나는 무슨 일이냐고 물었다. 원장은 이 학원이 음악 학원으로 바뀔 거라고 했다. 피아노도 가르치고 기타나 색소폰, 오카리나도 가르치는 곳으로 말이다.

나는 그녀가 이젤들을 신발장 옆에 차곡차곡 쌓아올리는 걸 보았다. 나는 그중 하나를 빌려줄 수 있는지 물었다.

"화가세요?"

여자가 물었다.

"아뇨. 하지만 가끔 그립니다."

여자가 이젤을 주었다. 그녀는 이제 그것이 필요 없기 때문에 돌려줄 필요가 없다고 했다.

나는 계단을 내려가다가 벽에 걸려 있는 아이들의 그림을 보고 저건 어떡할 거냐고 물었다. 그것은 아이들이 존경하는 위인의 초상화를 그린 것이다. 거기에는 놀랍게도 마르셀 프루스트도 있었다.

그녀는 그것을 버릴 거라고 했다. 그 그림은 그녀가 가장 잘 그렸다고 생각한 아이들 그림을 특별히 뽑아 전시한 것이다. 나는 버릴 바에야 아이들에게 돌려주는 게 낫지 않겠냐고 물었다.

"걔들은 이제 다 커서 여기 없어요."

그녀가 퉁명스럽게 말했다.

그녀는 그림들을 -마르셀 프루스트를 포함해서- 조심스럽게 떼어낸 뒤 쓰레기 봉투에 버렸다.

나의 이웃 2

1층 중국집 주인은 아주 유능한 주방장이다. 젊은 시절 그는 무려 두 번씩이나 청와대에 초청되어 대통령에게 중국요리를 만들어주었다.

그중에서도 가장 자신 있는 요리는 제비집 요리였다. 그렇게 말하며 그는 내게 제비집을 보여주었다. 제비집은 평범하게 생겼다. 제비집보다 그걸 담은 검은색 봉지가 눈에 거슬렸다.

중국집 주인은 내가 여자 친구에게 제비집 요리를 사줘야만 한다고 말했다. 여자 친구도 없지만 미래의 여자 친구가 제비집을 좋아할지 의문이라고 하자 그는 턱밑에 난 흰 털이 휘날리도록 웃고 여자가 음식을 맛으로 먹는다고 생각하면 안 된다고 말했다.

우리는 얼마간 더 얘기했다. 그는 내게 재스민 차를 대접했으며 이 동네에 있는 다른 중국집 험담을 했다. 또 지금까지 도시가스 요금과 전기요금 청구서를 집집마다 대문에 붙여준 사람이 우체부가 아니라 자기였다고 말했다. 건물에 사는 사람들은 모두 하나의 우편함을 공동사용하고 있는데 그는 자기 이외에는 다들 우편물에 관심이 없으며 고지서를 계속 방치해두면 체납금이 눈덩이처럼 불어나기 때문에 그 일을 자처했노라고 말했다.

다음날 나는 우편함을 열어보았다. 거기에는 공과금 청구서 외에도 카드 청구서, 소식지, 이벤트 레터들로 가득 차 있었다.

나는 매일 우편함을 열어 내게 온 우편물이 없는지 확인한다. 이제 청구서가 내 방 대문에 붙어 있는 일은 없다.

우리는 때때로 중국집 앞에서 마주친다. 그는 키가 작고 왜소한 편으로 얼굴엔 흰 수염을 길게 길러서 때때로 진짜 중국인이 아닐까 의심된다. 장사가 잘 안 돼서 그는 자주 가게 앞에 나와 앉아 있다. 담배를 피우진 않지만 조금도 따분할 틈이 없다. 그에겐 할 일이 아주 많으니까.

나의 이웃 3

이 동네에서 나를 자극한 노인은 세 명이었다. 한 명은 약국 할머니이고 다른 두 명은 아침마다 골목 어귀에서 만나는 할아버지와 할머니다.

그들은 오래된 친구처럼 보인다. 아침 여덟시가 되면 회색 주류창고 앞에 쪼그리고 앉아 담배를 피운다. 그들은 매우 늙었다. 남자와 여자 어느 쪽이 더 늙었는지는 알 수 없다. 늙은 사람들의 특징은 살아온 세월의 두께만으로 차별성이 없어진다는 것이다.

하지만 두꺼운 금목걸이를 세 줄이나 두른 할머니와 갈색 크록스를 신은 할아버지는 처음 보았기 때문에 처음부터 나는 두 사람에게 호감을 느꼈다.

어느 날 나는 그들이 나에 관해 얘기하는 걸 들었다. 그들은 내가 매일 아침 회사에 가는 것을 자랑스럽게 생각했다. 그들의 자식은 면도도 잘 하지 않으며 아내와 애들을 때리고 돈을 벌기보다는 주로 까먹기 때문이다.

일 년 전 나의 어머니가 지나가는 행인을 보고 중얼거리는 광경을 떠올린다.

"내 아들은 작가랍시고 돈은 안 벌고 허구한 날 글만 쓰고…"

나는 매일 아침 두 사람을 본다.

그들의 주름진 입은 시샘과 질투, 불만과 불신으로 가득차 있지만 전반적으로 행복한 편이다.

나의 이웃 4

내 방 맞은편에는 편의점이 있다. 그것은 문을 열자마자 곧바로 앞에 있기 때문에 편리하기보다 사치스러운 느낌이다.

편의점 남자는 매일 밤 일을 한다. 맨 처음 나는 그가 사장인지 알았다. 그러나 그는 시간제 알바만 7년 넘게 해오고 있었다.

그는 190센티미터의 키에 비만이다. 그를 보면 매일 자정갈 곳 잃은 삼각김밥과 빵과 치킨조각들이 떠오른다. 담배를 많이 피워서 노란 이는 노인처럼 녹아버렸다. 그를 욕하고 싶지 않지만 그는 담배 1미리와 6미리를 구별하지 못한다. 내가 말보로 라이트에서 레종 1미리로 바꿨을 때 내 건강을 진심으로 걱정해주었던 것이다.

편의점 앞에는 플라스틱 테이블과 의자들이 있다. 잠이 안올 때면 나는 거기 앉아서 흙을 파헤치는 들고양이들을 보곤한다. 언젠가는 아주 늘씬한 검은 고양이를 보았다. 그런데 알고 보니 주인 없는 고양이가 아니었다. 생선뼈처럼 앙상한 남자가 데리고 산책을 나온 것이다. 그는 또 한 명의 추레한 그의 친구와 편의점 앞에 앉아 늘씬하게 잘 빠진 그의 애완고양이를 보며 감탄했다. 마치 화제가 그것밖에 없다는 듯이.

때때로 나는 편의점 남자와 함께 담배를 피우곤 한다. 담뱃재가 타는 아주 짧은 시간 동안 그는 길 위의 사람들에게 인사를 한다. "어디 가?" "뭐해?" "오늘은 일찍 오네" "오늘은 좀 늦었네" "잘 가" 등등. 그는 자신이 이 동네의 '마스코트'라고 생각한다.

"내가 그들을 몰라도 그들은 나를 알지."

거짓말이다. 그는 모르는 게 없다. 그가 내 옆집 여자에 대해서 말하는 것도 들었다. 그녀가 얼마 전까지 공무원 시험을 준비했지만 결국 삼성물산에 취직했다는 것도.

"남자친구도 바뀌었어. 난 그들이 자주 저 문을 통해 들어가는 걸 봐."

우리는 동시에 문을 바라보았다. 내가 매일같이 드나드는 저 문을. 문득 그가 나에 대해 어디까지 알고 있을지 궁금했다.

얼마 전 그는 자기 치아를 전부 갈아치웠다. 녹아버린 이 때문에 오물오물 말하는 걸 머리가 모자라는 걸로 오해하는 사람이 많았다는 것이다. 내가 보기에 그는 여전히 오물거렸지만 그는 자신의 입이 꽤 크고 확신에 차 있다고 생각했다. 이를 새로 하는데 돈이 많이 들어서 그는 이제 밤뿐만 아니라 낮에도 일을 해야 한다고 말했다.

"하지만 나는 자신감을 얻었지."

집에 가기 전 그가 유통기한 지난 햄버거와 우유를 주었다. 이 동네는 내가 가장 필요로 하는 것을 준다. 나는 한 번도 거절한 적이 없다. 적어도 그들의 눈앞에서는.

방에 돌아와 나는 그것을 버렸다. 나는 다이어트 중이다.

알렉스

안나는 그녀의 애인에게 염증을 느꼈다. 두 달만의 일이다. 염증을 느꼈다는 말은 적절하지 않다. 그녀는 다만 흥미를 잃은 것이다. 그녀의 감수성 많은 애인으로부터.

남자는 안나가 자주 가는 카페 알바생이었다. 카페는 전반적으로 어두운 느낌이었고 낮에도 빛이 잘 들어오지 않았다. 그녀의 애인은 커피를 서빙하고 나면 지겹다는 듯 구석에 앉아 책을 읽었다. 카페엔 손님이 많았으므로 그의 페이지는 한번에 넘어가는 적이 없었다. 거무튀튀한 피부인데도 어쩐지 창백해 보이는 인상을 주는 이 남자를 안나는 어느 순간 사랑하게 되었다.

그녀는 커피 값을 지불하면서 명함을 같이 건넸다.

"내 생활에 변화를 주고 싶어. 난 정말 지루했거든."

언젠가 안나는 이렇게 설명했다.

그는 -이미 사랑에 빠진 그는- 실망하면서도 그녀의 얼굴을 사랑스럽다는 듯 바라보았다.

안나는 불안했다. 어쩌면 그녀보다 더 지루했던 사람은 그녀의 애인일지도 모른다. 그는 그녀를 사랑한 것이다. 그는 홀로 행복해했고 홀로 즐거워했다. 그것이 아주 당연하기 때문에 그녀의 행복에 대해 묻지 않았다. 단 한 번도. 그것이 안나는 이해되지 않았다.

그녀는 맨 처음 그것을 남자의 오만 -혹은 이기심 쯤으로 생각했다. 그러나 나중에는 치밀한 그의 사랑이 자신을 고립시킨다는 걸 알았다. 아니 이것은 안나의 지독한 피해망상으로 그녀는 외로웠다. 남자를 만남으로 해서 안나는 전보다 더 깊은 고독감을 느꼈다. 안나는 자주 짜증을 냈고 신경질을 부렸다. 그녀의 애인은 그런 안나의 변덕을 군말 없이 받아주었다. 그는 다정한 남자였다. 안나를 사랑했으니까.

저녁 7시. 24시간 운영하는 북카페에 안나는 앉아 있었다. 벌써 일주일째 알렉스는 연락이 없다. 알렉스는 무척 화가 났을 것이다. 그러나 그가 지닌 분노와 허무감에 대하여 안나는 조금도 짐작할 수 없다. 그것은 알래스카나 티포트처럼 어떠한 감흥도 주지 않는 낱말과도 같다.

안나는 어떤 종류의 관계가 필요에 의해 형성되었으나 또한 필요에 의한 단절로 인하여 불필요하게 변해버린 과정을 보았다. 그녀가 그를 사랑하지 않았다고 말할 수 있을까? 안나는 생각에 빠졌다. 알렉스라는 한 남자를 만나면서 정말 아무런 변화가 일어나지 않았다고 말할 수 있을까? 이러한 결말이, 흔히 사람들을 울상 짓게 만드는 이러한 종류의 사건이 곰곰이 생각하면 아무것도 망가뜨리지 않고 그저 시간의 흐름 중간에 일어난 잡음 같은 것이라고 말한다면, 그래서 다만 우리의 관계가 지나치게 볼품없었다고 아쉬워한다면 나는 알렉스에게 비난받을 자격이 충분해질지도 모른다, 고 안나는 생각했다. 안나는 알렉스의 괴로워하던 얼굴을 떠올렸다.

"당신이 어떤 말로 변명해도 결국 당신이란 사람에게 내가 부족했다는 사실이 내겐 큰 상처예요."

알렉스는 화가 날 때면 안나를 '당신'으로 불렀다. 그는 그녀보다 두 살 많았다. 예의에 몹시 엄격한 사람이었다.

두 사람은 편의점 앞에 앉아 있었다. 알렉스는 안나의 손을 꽉 붙잡고 있었다. 안나가 헤어지자고 말한 지 얼마 안 되었을 때다. 그녀가 이를 딱딱거리며 추워하자 그가 안나의 손을 잡았다. 바싹 얼어버린 나뭇가지처럼 단단하지만 생기 잃은 손가락을 그녀는 물끄러미 바라보았다. 그의 눈동자가 불안함에 파르르 떨렸다. 낡아빠진 외투 밖으로 삐죽 빠져나온 자신의 손목을 바람이 연신 그어대는 것도 모르고 그가 말했다.

"다시 시작해보자."

안나는 눈살을 찌푸렸다. 시작이란 말이 주는 산뜻함에 비해 어떻게든 이 상황을 바로잡기 위한 한 남자의 비장함이 거슬렸다.

"아뇨. 늦었어요."

안나는 자신을 사랑한다. 아마도 그녀 자신이 상상하는 것보다 더 많이 말이다. 그녀가 얼마나 다양한 방식으로 삶을 부정하려 하는지 그녀의 애인은 알고 있었다. 그는 진심으로 자신의 애인을 안쓰럽게 여겼다. 그래서 더 잘해주려고 애썼다. 뾰족하고 예민한 그녀의 비위를 맞춰줄 수 있는 사람 역시 자기밖에 없다고 생각했다. 설령 그녀가 자신의 존재 전체를 부정한다고 해도.

알렉스는 가난한 영화감독이었다. 안나는 그것을 흥미로워했을지는 몰라도 -적어도 이즈음 그녀의 애인은 흥미로웠다- 마음에 들어하지는 않았다. 그녀는 그가 옥탑방에 사는 게 싫었다. 디스나 라일락을 피우는 것도 싫었다. 그가 늦은 밤 그녀를 바래다주고 배차 간격이 한 시간이나 되는 심야버스를 타러 가는 것도, 매일같이 도시락을 싸들고 회사에 가는 것도 싫었다. 그녀의 애인은 영화를 하는 사람 중에 자기만큼 절약정신이 몸에 밴 사람도 없다고 말했다.

"그래도 안나 씨는 나를 좋아하잖아요."

알렉스는 좋은 사람이다. 그녀도 안다. 서른두 살의 남자가 여자를 대하는 태도에는 어쩐지 미숙한 데가 있었다. 아마도 그는 여러 여자를 만나봤을 것이다. 그런데도 그는 서툴렀다. 아마도 그가 지나치게 낭만적이기 때문일 거라고 -혹은 낭만에 사로잡힌 사람이기 때문일 거라고- 안나는 생각했다. 자신에게서 풍기는 분위기에 대해 고민하는 것부터가 다른 남자들과 달랐다.

예술 한다는 사람들이 으레 그러하듯 사회의 틀에 거북해하는 그였지만 또한 그러한 사회가 만들어놓은 질서의 미덕을 믿었으므로 안나는 아니꼽기도 했다. 모순이 많은 남자야말로 그녀가 가장 경멸하는 부류였다. 그런데도 안나는 언제나 그의 옆에서 자신이 꽉 막힌 여자가 된 듯한 기분을 느꼈다. 안나는 이름만 대면 알 만한 큰 유통회사에 다니고 있었다. 그녀는 그 것을 언제나 부끄럽게 여겼다. 그가 하는 일이 뭐냐고 물었을 때 그녀는 그 일이 아주 상업적인 일이라고 말했다. 그녀의 애 인은 즉각 실망한 기색을 내비치며 말했다.

"전 당신이 작가인 줄 알았어요."

북카페에서는 아까부터 한 신인작가가 프로필 사진을 찍고 있었다. 틈만 나면 요란하게 화장을 고치던 그녀는 사진사 앞 에서 한껏 포즈를 취하고 있었다. 빳빳하게 세운 목, 도도하게 아래로 내리깐 시선이 아마도 지적으로 보이라는 명령을 받은 모양이었다. 사진사가 찍은 수많은 사진 중엔 그러한 미션을 훌륭하게 수행한 사진도 끼어 있을 것이다. 갓 데뷔한 작가는 원숭이가 되기 쉬운 법이다. 그 주변에는 그녀의 가파른 지적 암벽을 동경하면서도 내심 그녀로부터 어떤 상업적인 기대를 품는 출판사 관계자들도 있었다. 자세히 보면 그들이야말로 이 작은 카페에서 사람들이 건네는 시선을 즐기는 것처럼 보이기 도 했다.

안나는 작가는 아니었다. 하지만 줄곧 소설을 써오고 있었 다. 그녀는 책을 낸 사람들 중엔 멍청한 이들도 많다는 걸 알 고 있었다. 알렉스가 영화를 만든다고 했을 때 그녀는 이제야 자신을 정말 이해해줄 누군가를 만났다고 믿었다. 그녀 역시 서른 해 동안 많은 남자를 만났다. 그들은 개성 있는 존재들임 엔 분명했지만 예술과는 거리가 멀었다. 그것이 그녀를 불편하 게 만든 것은 아니었지만 존중과 동경에만 그치는 취향의 문제를 늘 애석해했다. 그녀의 새로운 애인은 영화뿐만 아니라 책 읽는 것도 좋아했다. 그의 방에는 수백 개의 비디오테이프 말고도 수백 권의 책들이 있었다. 그중 몇 권은 서로 교환해서 읽기도 했다. 그것은 그녀의 마음에 들었다. 그러나 시간이 지날수록 둘 사이에 뭔가 중요한 것이 빠진 걸 알아차렸다.

그들은 많은 말을 주고받지 않았다. 마치 둘 사이에 자리 잡은 허공 속으로 말이 갇혀버리는 느낌이었다. 두 사람은 말없이 담배만 뻑뻑 피워댔다. 둘 다 지독한 골초였다. 그래도 한때는 그것만으로도 충분하다고 믿었던 시기가 있었다.

그의 말대로 두 사람은 완벽했다. 무언가를 대하는 그들의 시선은 완벽하게 공통되었으며 자의든 타의든 하나의 완벽한 합치점을 찾아가고 있었다. 완벽! 이 가벼운 약속 같은 말에 그녀는 속았다. 알렉스는 '우리'가 꽤나 잘 맞는다고 말해왔다. 그의 확신엔 어떠한 의심도 없었다. 설령 그것이 사랑이란 어리석은 감정에 근거했다고 해도.

논리적으로 접근하면 그들의 대화에 결핍이 존재한다는 것은 불가능했다. 그들은 정말 잘 맞았다. 그래서 안나가 혼란스러웠다면 그는 지극히 논리적인 어투로 그녀가 욕심을 부린다고 말할 것이었다.

그녀의 애인. 생각해보면 그는 정말 모순이 많은 남자였다. 그는 자유롭기를 원하면서도 결혼상대를 찾았고 동시에 자신이 지닌 가난도 부끄럽지 않을 사랑에 대한 확신을 갖고 있었다. 그들은 만나기 전부터 이미 '결혼'에 대해 이야기했다. 안나가 결혼에 별 관심이 없어보였으므로 그는 불안해했다. 반면 안나는 다만 눈앞의 남자가 자기에게 얼마만큼의 호감이 있는지에만 온 신경을 곤두세우고 있었다. 자기를 좋아하는 것처럼 보이지만 중요한 순간 망설이는 그에게 확신이 없었다. 마침내 모퉁이에 있는 한 빙수 가게에서 그녀의 인내심이 폭발하고 말았다. 알렉스는 불쾌한 듯 녹아버린 얼음을 휘휘 휘저으며 물었다.

"그럼 안나 씨는 나랑 결혼할 거예요?"

안나는 자리에서 벌떡 일어났다. 그 한마디가 그녀에 대한 야만적 횡포처럼 느껴졌다. 그녀는 화가 나서 자리를 박차고 일어났다.

알렉스는 당황해서 안나를 쫓아왔다. 안나는 그를 뿌리치고 황급히 버스에 올라탔다. 차창 너머로 멍하니 서 있는 그가 보였다. 버스가 덜컹덜컹 흔들렸다. 안나는 배신감에 몸을 떨었다.

그는 안나에게 거듭 사과했다. 새벽에 전화를 해선 한참 동안 횡설수설했다. 그 자신도 무슨 소린지 알아듣기 힘들었는지 나중엔 기가 막힌다는 듯 전화를 끊었다. 이튿날 그가 집앞에 찾아왔다.

"당신과 연애하고 싶어요."

"지금 뭐라고 했어요?"

안나가 눈을 치켜떴다.

"연애라구요?"

"그래요, 연애."

알렉스가 대답했다. 안나는 결혼은 어떻게 할 거냐고 물었

113

다. 자신은 여전히 결혼할 마음이 없으며 그건 알렉스 당신과 관계없이 누구라도 마찬가지일 거라고 조심스레 덧붙였다. 알렉스는 담배를 입에 물었다. 그리고 상관없다고 말했다. 언젠가 그녀가 결혼하고 싶어질 때까지 기다리면 된다고 정답에 가까운 답변을 했다.

그러나 막상 교제가 시작되자 그는 그녀에게 함께 살자고 졸랐다. 결혼이 아니어도 상관없으니 같이 살자고 했다. 이 속임수 같은 바람에 안나가 불쾌감을 느낄 이유는 없었다. 안나는 그의 감정을 충분히 이해하고 있었다. 한편으로는 그의 솔직한 마음을 보는 것 같아 기분이 좋았다. 그러나 그녀는 그가 결혼을 꿈꾸기에 지나치게 가난하다는 게 몹시 신경 쓰였다. 그리고 마침내 그의 갈망이 마치 적절한 누군가를 만나 가난을 벗어던지고픈 싸구려 열망처럼 느껴졌다.

그러나 그는 달리 생각한 것이다. 그는 결혼이 추구하는 순수한 가치에 주목했으며 원하기만 한다면 그 제도화된 가치가 성립되기 위한 아주 상업적인 영역까지 순수하게 바꿀 수 있다고 믿었다. 그러나 안나는 아마도 그러한 이유로 그가 사랑한 여자도 그와의 교제를 거절한 거라고 생각했다. 첫 데이트 후 그는 그 사실을 고백했던 것이다.

「난 지금 다른 사람을 좋아하고 있어요」

안나는 큰 충격을 받았다. 그녀의 애인은 -아직 애인이 아니었던 그 남자는 자신의 감정을 분명하게 이해하지 못한 채 다만 중대한 실수를 저질렀다는 걸 깨달았다.

「기다려요, 지금 집앞으로 갈게요」

비가 억수로 쏟아지는 날이었다. 그녀가 어디 사는지도 모르고 무턱대고 근처에 와 기다리겠다는 남자의 말에 안나는 절반은 신경 쓰면서도 절반은 무너진 돌무더기처럼 주저앉은 감정 속에서 허무감을 느꼈다.

　도착했다는 그의 문자를 받았을 때는 새벽 2시였다. 불 꺼진 상가, 그 위를 전율하듯 쏟아지는 비를 헤치며 안나는 걸었다. 남자가 있는 교차로까지 갔을 때 그녀는 걸음을 멈추었다. 왠일인지 자신의 질투가 비상식적으로 느껴졌다. 부끄러웠다. 할 수만 있다면 아무렇지 않은 척 하고 싶었다. 그러나 아직은 낯설고 어색한 그들 관계에 그녀의 계산된 태도는 또 한 번 비틀어질 여지가 있었다. 어쨌거나 그 남자의 다정한 동정은 변하지 않으리란 것. 그것이 조금 속이 상했다.

　그는 보이지 않았다. 비는 아까보다 더 난폭하게 쏟아지고 있었다. 그녀는 자신이 속았다고 생각했다. 그때 남자가 눈앞에 나타났다.

　그것은 안나의 생애 결코 잊을 수 없는 순간이었다. 아마도 두 사람이 함께 한 나날 중 가장 독창적이고 인상적인 일이었을 것이다. 비록 그 로맨틱한 재회에 대해 두 사람이 가진 인상은 각기 달랐지만 비를 피해 들어간 건물 주차장에서 그들은 최초로 교감했다. 그들은 멀찍이 떨어져 한동안 아무 말도 하지 않았다. 울상이 된 안나, 그리고 그런 그녀를 안쓰럽게 바라보는 남자. 그는 어떻게든 안나를 달래주고 싶었다. 그는 몇 번이고 그녀 곁으로 다가가려고 했지만 그때마다 그녀가 뒷걸음질 쳤기 때문에 포기하고 벽에 등을 붙였다.

"안나 씨, 계속 이렇게 있을 거예요?"

안나는 움찔했다. 얼마 전까지만 해도 아무 관계없던 한 사람이 자신에게 무언가 요구하고 있었다. 안나는 두려웠다. 그녀 자신이 만든 변화, 거기에는 그녀가 치러야할 대가가 크다는 걸 의미했다.

그는 뛰어나게 잘생긴 사람은 아니었다. 그러나 어떤 여자라도 충분히 호감을 느낄 만한 남자였다. 안나가 잠시 방심한 사이 남자가 그녀 앞으로 성큼 다가왔다. 그는 미소 짓고 있었다. 나에 대해 아무것도 모르는 여자. 그 무지가 사랑스러웠다.

두 사람은 일주일에 서너 번은 데이트를 했다. 대체로 안나의 일이 좀 더 늦게 끝났기 때문에 알렉스는 언제나 그녀를 기다려주었다. 처음 데이트하던 날 그녀는 남자가 담배 피우는 모습을 처음 봤다. 그는 담배 연기를 깊이 빨아들인 다음 입을 약간 내밀어 연기를 뿜었다. 남자의 거의 모든 모습에 관대한 상태라고 해도 과언이 아닌 그녀였지만 그의 담배 피는 모습은 조금 천박하게 느껴졌다. 하지만 곧바로 지어보인 그의 미소가 무게감을 갖고 그녀의 내면을 응시했다. 그녀는 어린아이가 된 것 같은 기분을 느꼈다. 태국식 카레 식당에서 남자는 여자가 남긴 음식을 전부 먹어치웠다. 그녀가 무안해할 만큼 망설임이 없었으므로 안나는 마치 자신이 특별한 존재가 된 듯한 묘한 만족감을 느꼈다.

안나가 그를 사랑하지 않았다고 말할 수 없다. 그와 그녀를 이어주는 관계의 수만 가지 요소가 오로지 사랑만을 위한 것이었으니까. 특히 알렉스의 눈은 -그의 우수에 젖은 눈속에는 얼마나 신비로운 비밀이 가득 담겨 있었던가?- 그녀의 확신을 더해주었다. 두 사람은 태어난 날짜까지도 같았다. 오른손 엄지와 검지 사이에 난 상처 위에 보기 싫게 새 살이 돋은 것도 같았다. '알렉스'란 그의 영어 이름은 안나가 좋아하는 레오 까락스의 바로 그 '알렉스'였고, 그가 일하는 카페에서 흘러나 온 닉 드레이크는 그가 직접 자신의 집에서 가져온 앨범이었 다.

그러나 연애를 시작한 뒤부터 그들은 자주 삐걱대고 다투고 두 번 다시 용서하지 않을 사람처럼 서로를 비난했다. 알렉스 는 그녀에게 자주 설명을 요구했다. 그것이 그녀에 대한 경멸 이라고 몇 번을 말해도 소용없었다.

"당신은 명함을 주지 말았어야 했어."

그는 안나가 자신의 인생을 망쳤다고까지 했다. 안나는 그 말을 듣고 미친 듯이 웃었다. 그가 억지를 부린다고 생각했기 때문이다. "이게 웃겨요? 당신, 이게 웃겨요?" 알렉스가 소리 질렀다. 그 순간 안나는 그에게 키스하고 싶었다. 풀죽은 그 입술에 키스를 한다면 그는 금방 사르르 녹아버릴 테니까.

안나는 오만해져 있었다. 그녀는 그가 다루기 쉬운 동물처 럼 느껴졌다. 그를 고통스럽게 만드는 것이야말로 그와 연애하 는 이유일지도 모른다고 느꼈다.

그러나 남자는 이미 지독하게 고통받고 있는 상태였다. 파 리하고 창백한 얼굴은 오래 전부터 자신의 소중한 것을 잃어 버리고 체념한 듯한 인상을 주었다. 맨 처음 그를 봤던 날 그는 진녹색 체크남방 안에 검은 폴라티를 받쳐 입고 그녀의 테이블에 재떨이와 검은 커피를 날랐다. 테두리가 바랜 오래된 사진을 보는 듯 낡고 아련한 느낌의 풍경. 그러나 진부하진 않았다. 몇 달간 주시해 본 그는 어리숙해보였으며 아픔을 예민하게 느끼는 타입처럼 보였다. 특히 한쪽 발이 짧은 테이블에 올라가 전구를 가는 뒷모습은 퍽이나 인상적이었다.

그가 영화 일을 한다고 했을 때 그녀는 그 일이 참으로 남자에게 잘 어울린다고 생각했다. 그녀가 어떤 영화 줄거리를 얘기해도 그는 제목을 척척 알아맞혔다. 심지어 감독과 배우 이름까지 거침없이 술술 댔다.

그의 예술적인 모습을 안나는 사랑했다. 그의 모든 것이 예술가의 표상에 대해 말해주고 있었다. 그의 아버지는 화가였다. 3년 전 그의 아버지는 죽었다. 혼자 있기를 좋아하는 그였지만 그 일로 그는 세상 밖을 나가는 걸 두려워하지 않았다고 했다. 지인의 결혼식은 못 가더라도 장례식은 무슨 일이 있어도 꼭 참석한다고 했다. 사람과의 관계는 어떤 종류의 슬픔을 통해 완성된다는 그의 말을 안나는 사랑했다. 그는 고등학교 때까지 화가가 되고 싶어 했다. 안나는 그가 그린 그림을 보고 싶어 했다. 그는 몹시 쑥스러워했다.

"나중에요."

두 사람은 함께 미술관에 갔다. 미술관에는 고갱전이 열리고 있었다. 전시 타이틀은 '낙원'이었다. 그림을 다 둘러본 그는 언젠가 자신도 낙원을 찾아 떠나고 싶다고 말했다. 그래서 요리 자격증을 따고 스쿠버 다이빙을 배운 거라고 우스갯소리처럼 말했다.

"그럼 저도 데려가요."

알렉스가 걸음을 멈추고 놀란 눈으로 안나를 쳐다보았다. 그의 눈동자가 기쁨에 차오르는 걸 느낄 수 있었다. 그는 안나의 열정을 사랑했다. 별 볼 일 없는 한 남자에 대한 열정을. 그가 멈추었던 걸음을 다시 옮기며 대답했다.

"좋아요."

안나는 한 가지 사실을 깜빡했다. 낙원이 이 세상에 존재하지 않는 건 누구에게나 그 모습이 동일하지 않기 때문이다. 그러나 사랑이라는 또 다른 유토피아가 존재하는 한 두 사람만의 낙원이 가능하리라는 기대로부터 서투른 솜씨이지만 안나는 낙원에 대한 이미지를 차근차근 그려갔다.

연애하고 한 달 후 안나는 알렉스에게 시골에 가자고 했다.

"아무도 우릴 찾을 수 없는 곳으로요."

알렉스는 이해할 수 없다는 눈으로 그녀를 쳐다보았다.

"난 도시가 좋아요."

알렉스는 도시에서 할 수 있는 일들에 대해 이야기했다. 그는 영화를 사랑했고 길거리 아티스트들의 정돈되지 않은 공연을 사랑했으며 맥주를 사랑했고 그속에서 거품처럼 이루어지는 무분별한 교류를 사랑했다. 그는 어쨌거나 가난한 영화감독이었고 그의 작품이 정식으로 데뷔하지 않았다는 데서 도시를 포기할 수 없었다. 그의 영감과 모티프 또한 도시가 만든 수많은 작품 중 하나였으므로. 그는 도시를 증오하면서도 도시가 지닌 더러운 이면에 매력을 느꼈다.

안나는 분노가 치미는 걸 느꼈다. 실제로 그녀는 균형을 잃을 만큼 흥분했다. 그러나 그와 눈이 마주친 순간 갑자기 누군가 몸 안에 든 열기를 가져간 것처럼 시들해지고 말았다.

안나는 그의 가난이 싫었다. 그의 궁상스러움이 싫었다. 그녀가 다닌 회사의 모든 여자들은 자신보다 우월하거나 우월해야 마땅한 애인들을 두고 있었다. 그들은 서른두 살이나 먹은 남자가 자가용을 갖지 않은 것을 이해 못하는 여자들이었다. 그것이 안나의 자존심을 건든 것은 아니었지만 몹시 신경 쓰이게 했다. 그의 좁고 지저분한 방안에는 책과 비디오 테이프 말고도 많은 것이 있었다. 그의 집에 처음 갔던 날 안나는 기겁하며 그의 침대 위로 도망쳤다. 바퀴벌레가 나왔던 것이다. 알렉스는 당황했다. 그는 욕을 하며 벌레를 잡았다. 한두 마리가 아니었다. 잊을 만하면 머리를 쏙 내밀었다. 안나는 알렉스에게 좀 더 깨끗한 집으로 이사를 가는 게 어떻겠냐고 물었다. 그는 경제적인 여건이 되지 않는다고 말했다. 그가 안나와 자고 싶어 했지만 그녀는 거절했다. 그리고 집에 가야겠다고 말했다. 알렉스는 그녀를 붙잡지 않았다.

안냐는 흡 하고 숨을 깊게 들이마셨다. 그새 신인 작가와 그녀의 갤러리들은 철수하고 없었다. 사람들은 마치 잠을 포기한 사람들처럼 카페에 찾아와 책을 읽거나 멍하니 창밖으로 눈을 흘기고 있었다. 그들 모두가 각자의 상념과 갈 곳 잃은 감정의 표류자였다. 그속에 안나도 끼어 있었다.

안나는 빈 노트북 화면을 바라보며 그 위에 무얼 적어 내려갈 수 있을 것인가에 대해 생각했다. 사실 그녀는 오래 전부터 아무것도 쓰지 못했다. 연애라는 설익은 감정이 그녀의 열의를 빼앗아가기도 했지만 전부터 그녀는 망설이고 있었다. 도저히 솔직해질 수 없었던 것이다.

그녀는 자신이 꽤나 많은 것을 이해하고 있다고 믿었다. 특히나 어떤 사람을 보면 그 사람이 어떤 사람인지 간파하는 재주를 가졌다고 믿었다. 그녀의 가장 친한 친구조차 자신의 새 애인이 믿을 만한 사람인지 어떤지 자문을 구할 정도였다. 그러나 정말 그녀에게 그런 능력이 있다고 말할 수 있을까? 정작 누군가에게 -그것도 그녀를 사랑한 사람에게- 그녀는 그다지 믿을 만한 사람이 못 되었다. 그것은 알렉스의 잘못이 아니다. 사실상 안나 역시도 그렇게 한 남자를 고통의 한복판에 세워두게 될 거라고 생각지 못했다.

안나는 위선자였다. 알렉스 역시 여러 차례 그 사실을 말하고 싶어 했다. 당신이야말로 당신이 되고픈 무언가에 속고 있는 사람이에요. 그러나 이 과묵한 남자는 안나가 정통이라 믿고 있는 자신의 철학으로부터 한 발짝도 벗어나지 않을 거란 걸 알고 있었으므로 아무 말도 하지 않았다. 아니 이조차도 그녀의 착각일지도 모른다. 사람이 사람을 아는 척 하는 건 얼마나 같잖은 일인가? 안나는 울고 싶었다. 그다지 바람직한 일이라고는 생각되지 않았지만 자신이 만들어낼 수 있는 허구의 한 방식이 눈물이기라도 하듯 그녀는 이 박한 감정에 매달렸다.

안나가 헤어지자고 말한 뒤에도 알렉스는 끊임없이 그녀에게 연락을 했다. 그는 안나의 마음을 돌리기 위해 애썼다. 어느 날 알렉스는 레몬과 설탕, 빈 유리병을 들고 안나의 집앞에 찾아왔다. 그 언젠가 안나에게 레몬차를 담가주겠다던 약속을 지키기 위해서다. 안나는 그런 그를 물끄러미 바라보며 담배를 피웠다.

알렉스는 요리를 곧잘 했다. 그는 간장으로 만든 요리가 가장 자신 있다고 말했다. 만난 지 얼마 되지 않았을 때 알렉스는 계란과 닭고기를 넣은 일본식 덮밥을 만들어주었다. 그는 예전에 외국에 체류했을 때 회전초밥집에서 일 년간 일을 했다고 했다.

"특히 내가 만든 마끼는 인기가 좋았어요. 사람들이 기다렸다가 그것만 집어먹었죠. 덕분에 힘들긴 했지만 보람은 있었어요."

"설마요."

안나가 웃었다.

"맞아요. 농담이에요"

알렉스가 미소 지었다. 그가 살짝 데친 레몬을 도마에 올려놓고 썰기 시작했다. 매번 칼을 쓸 때마다 도무지 들지 않는다며 불평하던 그였지만 오늘은 왠일인지 아무 말도 하지 않았다.

알렉스의 뒷모습을 보며 안나는 회전초밥 집에서 스시를 만들고 있는 알렉스의 모습을 떠올려보았다. 그녀의 상상 속에서 스무 살의 알렉스는 앳된 얼굴을 가졌으며 생기 있고 충만한 호기심이 그의 눈부신 청춘과 어우러져 지금보다 훨씬 보기 좋은 모습을 만들어내고 있었다. 안나는 문득 그 사실이 슬퍼졌다.

"내가 어떻게 하길 원해요?"

알렉스는 물었다.

"난 안나 씨를 위해서라면 최선을 다할 거예요. 부족한 답변일지 모르겠지만 그런 마음가짐으로 하루하루를 살다 보면 언젠간 당신의 마음에 드는 사람이 될 수 있을 거라 생각해요."

알렉스가 어느 순간 그녀 앞에 서 있었다. 그가 투명한 유리병에 가득 채운 레몬을 보여주었다. 눈이 시리게 노란 과육 위로 하얀 설탕이 천천히 녹아내리고 있었다.

안나는 그에게 그녀가 어울리지 않다는 걸 깨달았다. 그를 비난할 자격은 없다. 그는 그녀를 위해 최선을 다하고 있을 뿐이었다.

안나는 레몬차를 마시지 않았다. 그를 만날 때마다 그토록 마시고 싶어 했던 레몬차였지만 좀처럼 먹고 싶은 마음이 들지 않았다. 안나는 멍하니 유리병을 쳐다보았다. 황금빛 마개로 꼭꼭 봉한 유리병 안에서 노란 과실은 신 맛을 잃고 더욱더 달콤해지고 있을 터였다.

카페 안은 조용했다. 자정이 넘어가자 이제는 들어오는 사람보다 나가는 사람이 많았다. 그녀는 휴대폰을 내려다보았다. 여전히 울리지 않는 휴대폰을 보며 그녀는 미련스럽다고 생각했다. 그녀는 카페를 나와 조금 걸었다. 거리엔 아무도 없었다. 공기가 찼다. 담배를 꺼내 한 대 물었다. 아마도 바람 때문일 거라고 생각했지만, 사실은 두 번 다시 사랑받지 못할 거란 -혹은 사랑하지 못할 거란- 초조감에 그녀는 오래토록 떨었다.

원점

　"나는 미쳤었어요. 말 그대로 미쳤었지요. 모두가 날 피했던 걸 기억해요. 내가 무슨 말을 하며 돌아다녔는지는 기억 못 하지만 그들의 공포에 질린 표정만큼은 또렷이 기억하고 있어요. 그들의 비명 소리, 우왕좌왕하는 모습, 어떤 용감한 사람의 윽박지르는 말투. 하지만 그도 결국은 도망치고 말았죠. 왜냐하면 내가 어깨를 물어버렸거든요."

　남자가 자랑스런 얼굴로 말했다. 나이는 이십대 후반으로 눈, 코, 입이 제대로 잘 붙어 있는 것만큼이나 이상한 구석은 조금도 눈에 띄지 않았다. 매우 단정하고 깔끔한 셔츠를 입고 가지런히 찻잔을 잡아 한 모금 마셨는데 그 어디에도 미친 사람의 무질서함은 보이지 않았다.

　"물론 지금은 미치지 않았어요."

　남자가 웃음을 터뜨렸다.

　"사람들이 날 보고 피하지 않으니 더는 미치지 않은 거겠

죠. 원래대로 돌아온 거예요. 말이 조금 이상하네요. 지금은 꽤 정상적인 생활을 하고 있어요. 중요한 건 한때 나는 미쳤었고 그때의 일들을 선명하게 기억하고 있다는 겁니다. 이게 바로 웃기는 점이지요. 미쳤다는 건 말 그대로 어떤 것도 정상적으로 생각할 수 없는 상태인데 나는 정상으로 돌아온 지금도 비정상이었던 나를 전부 기억하고 있는 겁니다. 이건 반대로 이렇게 말할 수도 있겠지요. 사실은 내가 미치지 않았다고 말이에요.

그때나 지금이나 나는 미치지 않았어요. 내가 저지른 행동들 -예컨대 괴상한 표정을 짓거나 지나가는 사람의 옷자락을 잡아당기거나 욕설을 퍼붓거나 알 수 없는 얘기를 지껄이거나 자해를 하는 행동들에는 전부 이유가 있었어요. 나는 그 행동들을 납득하고 있었고 그럴 수밖에 없었다고 느끼고 있었지요. 모든 게 너무나 당연해서 의심할 여지가 없었어요.

내 몸속엔 마치 거대한 분화구가 있는 것 같았어요. 용암이 끓어오르듯 뭔가가 끓어오르는 순간 이미 그 행동들을 하고 있었지요. 사람들이 비명을 지르고 불쾌한 눈으로 쳐다보고 나를 밀쳐내는 순간에도 자제할 수 없었어요. 내가 미쳤다면 그건 자제력이 없기 때문이겠지요. 하지만 그것만으로 미쳤다고 말할 수 있을까요?

미친 사람은 다른 사람의 감정을 알지 못합니다. 그냥 하고 싶은 대로 해버리고 거기서 일시적인 쾌감을 느낄 뿐이지요. 그들은 학습이란 게 안 되는 자들입니다. 자기들의 기쁨을 위해 꽥꽥 소리를 질러대면서도 뭘 위해 그러는지 모르죠. 반복

또 반복하면서도 자기가 반복하고 있는 줄 모릅니다. 미쳤다는 건 망각이지요. 언제나 원점에서 시작하는 겁니다. 계속해서 나아간다고 생각하지만 결국은 제자리걸음이지요.

나는 전혀 즐겁지 않았어요. 오히려 고통스러웠지요. 멈추고 싶어도 멈출 수 없었어요. 의지란 건 눈앞을 떠다니는 글자 같았지요. 아직도 기억나는 일은 최초로 나를 향해 누군가 미친 사람이라고 소리친 순간이에요. 여자아이였고 볼이 통통한 친구였지요. 난 그 앨 잘 알고 있었어요. 좋아했으니까요. 버스 정류장에서 그 애는 친구들 사이에 둘러싸여 두려움에 떨면서도 장난기 가득한 눈으로 내게 소리쳤어요.

조심해! 난 저 오빠를 알아! 엘리베이터도 같이 탔었다구!

우린 같은 아파트에 살았어요. 모두가 그 애 말을 믿었고 그 증거로 비명을 질러댔죠. 저 오빠는 미쳤다, 우린 같은 아파트에 산다, 그러니 내 말을 믿어라. 요컨대 이런 식이죠. 정말 끔찍한 일은 그 다음에 일어났어요. 나는 미친놈처럼 발광하고 있었는데 나의 의식과 감정은 너무나도 똑바르게 상처를 받고 있었단 겁니다.

사람들은 내 머리가 너무 좋아서 돌아버린 거라고 했어요. 이미 공부를 잘하기로 동네에 유명했었고 국가에서 주는 장학금까지 받고 있었으니까요. 하지만 내가 정말 머리가 좋았다면 이런 황당한 쇼는 그만두고 조용히 학교로 돌아갔을 겁니다. 나는 학교에 가는 대신 거리를 돌아다녔어요. 이유는 없어요. 많은 사람들이 산책하듯 단지 거리를 걷고 싶었던 겁니다. 하지만 언제부턴가 모두가 나를 피하는 걸 눈치 챘지요. 그들은 내 눈빛이 이상하다고 말했어요. 또 내가 그들을 두렵게 만든다고도 말했지요. 그날 이후 누구도 만나지 않겠다고 결심했어요. 방안에 틀어박혀 책만 읽었지요. 삼국지나 마르셀 프루스트처럼 언제까지고 끝나지 않을 것 같은 책들만 읽었어요. 물론 학교는 진즉에 자퇴하고 말입니다.

그렇게 지낸 시간이 꼬박 십년입니다. 내가 바깥으로 나오기까지 말입니다. 내가 세상 밖으로 나왔을 때 사람들은 나를 기억하지 못했어요. 이미 떠날 사람들은 떠나버렸고 남은 사람들은 웬일인지 나를 받아들일 준비가 되어 있었지요. 모든 게 원점으로 돌아온 거예요. 난 더 이상 미친 사람이 아니었어요. 그렇게 된 겁니다. 모든 게 자연스러워서 어쩐지 어리둥절한 기분이었지요."

그가 어깨를 으쓱하며 찻잔을 집어 올리다 말고 도로 내려놓았다. 길게 옆으로 쭉 찢어진 두 눈이 창밖을 지나 내 뒤에 있는 거대한 책장을 지나 소매를 걷어붙인 자신의 팔뚝을 지나 그 앞에 놓인 찻잔을 지나 오똑 솟은 내 코로 모아졌다.

"당신은 한때 내가 미쳤었단 걸 믿을 수 있겠어요?"

그가 조용히 물었다.

나는 아무 말도 하지 않았다. 대신 조용히 책상 밑에 달린 벨을 눌러 그를 도로 병실로 데려갈 것을 명령했다.

추위가 복종을 가져오는 곳에 남자는 살고 있었다

추위가 복종을 가져오는 곳에 남자는 살고 있었다. 추운 걸 싫어했지만 그것이 움직임을 최대한 적게 한다는 걸 알고 있었다. 그는 게으르고 생각하기를 싫어했다. 그는 가구가 거의 없는 방에 살았다. 추운 나라에 살면서 흔한 카페트 하나 깔지 않았다. 그는 최대한 적게 생각하고 적게 움직이며 적게 고독해했다. 그는 친구도 별로 없었다. 그는 나무로 만든 의자에 앉아 두 다리를 곧게 펴고 사소한 감동에 젖어 있었다. 아무것도 바라지 않지만 고갈될 것 없는 행위. 그것이 그가 이곳에 온 목적이었다.

그는 곧바로 옆집에 사는 늙고 병든 이웃의 호기심을 자극했다. 그는 거리의 악사였다. 또 시인이었다. 젊은 날 많은 여자들에게 자신의 감미로운 기타 선율과 노래와 차분한 열정을 바쳤다. 냉정해 보이는 콧수염에는 언제나 럼주의 강한 냄새가 맺혔다. 그러나 그것을 혀로 핥아낸 적은 단 한 번도 없다. 추위가 열정의 불꽃도 꺼뜨리는 곳에서 그는 아마도 행복이리라 추정되는 만족에 젖어 있었다.

그는 동양인 청년의 출현에 강렬한 호감을 느꼈다. 특히 이 낯선 이방인의 존재가 그 작은 동네에 어떠한 파문도 일으키지 않는 것에 깊은 인상을 받았다. 그의 날카로운 감각은 이미 청년의 게으름과 권태와 빙점에 치달은 지성을 느끼고 있었다. 그는 청년에게 말을 걸고 싶었다. 청년이 나오는 순간은 매우 드물었으므로 담요를 가지고 테라스에 나와 따분하게 기다렸다. 하루, 이틀, 한 달, 일 년이 될 때까지. 그는 무릎에 올린 두 손을 깍지 낀 채 늘 같은 자세로 기다렸다. 추위를 피해 동굴로 들어온 늙고 겁 많은 짐승처럼 얌전한 모습이었다.

그는 너무 늙었다. 벌써 아흔 살이었던 것이다. 그는 좀 더 주저했고 머물렀다. 공기는 차가웠고 무심했지만 쥐새끼 한 마리 없는 거리 한복판엔 비장한 존재감이 감돌았다. 동양인 청년은 여러 번 나타났다. 이 도시 사람들이면 누구나 갖고 있는 양털 코트를 입고 긴 다리로 껑충껑충 뛰어갔다. 집에 돌아올 때는 아마도 점퍼 주머니에 넣어갔을 쇼핑백을 펼쳐 먹을 것을 한가득 담아가지고 왔다. 무표정한 얼굴, 특히 굳게 다문 입이 입김도 가두어버린 듯 묵직했다.

백인 남자는 조용히 눈을 감았다. 두툼한 스테이크 같은 손으로 무심코 턱을 어루만졌다.

'면도를 해야겠어.'

남자는 턱에 난 수염은 전부 밀어버리고 콧수염만 두툼하게 길렀다. 그것은 추운 나라보다는 멕시코나 페루 같은 더운 나라에서 자주 볼 수 있음직한 모양이었다. 남자는 그 수염을 자랑으로 여겼다. 젊었을 때부터 한 번도 깎은 적이 없다. 턱만큼은 매일 아침 매끈매끈하게 깎았다. 그러나 콧수염은 잔털제거용 가위를 이용해 삐죽 튀어나온 몇 가닥을 공들여 잘라냈을 뿐이다.

그밖에도 남자에겐 일거리가 널려 있었다. 설거지를 한다던가 양치질을 한다던가 개밥을 준다던가. 인간은 누구나 죽는 날까지 일거리가 있었다. 그것은 캘린더 네모박스에 적힌 숫자처럼 하루도 빠짐없이 인생의 귀퉁이를 차지하는 것이다. 어떤 사람도 죽는 날도 예외 없이 오줌을 누었다고 생각하면 그는 이상하게 유쾌해졌다. 인생은 대단한 게 아니었다. 수염을 깎고 개밥을 주고 양치질을 하고 지금처럼 담배를 피우는 게 전부였다. 그는 천천히 일어나 물 한 잔을 마신 뒤 개에게도 물을 주었다. 개는 처음엔 귀찮다는 듯 거들떠보지도 않더니 그가 두 발짝 걸음을 떼자 슬금슬금 다가와 홀짝거리며 마셨다. 그러고 보니 개도 퍽 늙었다. 아마 그와 동년배나 다름없을 것이다. 개 쪽도 장수라면 장수했다. 그래도 이 개는 죽는 날까지 자신을 보살펴주는 이가 있으니 자기보다는 낫다.

그는 다시 테라스로 나와 앉았다. 잠깐 자리를 비웠는데 의자가 몹시 차가웠다. 어쩌면 이 도시의 추위는 이토록 모든 걸 쉽사리 지워버리는 것일까? 마치 아무것도 기억하지 못한다는 듯-혹은 아무것도 기억하지 않겠다는 듯 추위는 늘 그곳에 있으면서도 그곳에 없었다.

그는 담요를 무릎에 올리고 긴 시선을 바깥으로 던졌다. 거리엔 여전히 아무도 없었다.

그가 막 저녁을 먹고 자신의 딱딱한 침대에 앉아 책을 읽을 때였다. 누군가 문을 두드렸다.

"기름 좀 빌려주시겠어요?"

갈색 머리털과 창백한 피부, 단조로운 듯 하면서도 많은 의미를 담고 있는 눈빛을 가진 남자가 서 있었다. 백인 남자의 콧수염이 움찔한 것을 젊은 남자는 보지 못했다.

그가 이 나라에 와서 누군가에게 먼저 말을 건 것은 이번이 처음이었다. 그가 가만히 있으면 누구라도 먼저 그에게 말을 걸었다. 뭐 필요한 게 있나요? 어느 나라에서 왔지요? 이곳은 처음인가요? 이 나라 말을 할 줄 아세요? 영수증이 필요하신가요?

"기름이 떨어진 걸 잊고 있었어요."

젊은 남자가 덧붙였다. 목소리가 살짝 떨렸다. 낮에 기름을 사오는 걸 깜빡 잊었다. 이 나라에서 기름 스토브 없이는 살기 힘들다. 특히 빛이 떨어지고 난 뒤의 혹한은 버티기 어렵다. 늙은 남자는 대꾸 대신 몸의 위치를 살짝 바꾸었다. 문 옆으로 비스듬한 자세를 취함으로써 들어오란 신호를 보냈다.

젊은 남자는 코트 주머니에 넣은 두 손을 꺼내 비비더니 한 발 내딛었다. 그 순간 백인 남자는 멜리나가 처음 걸음마를 뗐을 때와 비슷한 감동을 느꼈다. 멜리나는 오래 전 이 도시를 떠나 남부 지방으로 갔다. 거기도 춥긴 하지만 그건 아침과 저녁뿐이었다. 멜리나는 매력이라곤 머리통 안에서나 찾아볼 수 있을 것 같은 의사와 결혼했다. 아이도 셋이나 낳았다. 볼품없이 마른데다 하나같이 버르장머리 없는 아이들이었다. 아이들은 그를 할아버지라고 부르지 않고 '조'라고 불렀다. 헤이, 조!

멜리나도 퍽 늙었다. 그의 딸도, 그가 기르는 개도 늙어버렸다. 그의 주변엔 온통 늙은 것 투성이였다.

현관불에 비친 남자의 그림자가 현관을 통과할 때까지 그는 기다렸다. 마치 자신의 멋들어진 콧수염을 봐주기를 원하기라도 하듯 한손으로 살짝 말았다 튕기며 젊은 남자의 그림자가 따라 들어오는 것을 숨죽여 바라보았다.

백인 남자가 주방에 들어가 차를 내오는 동안 젊은 동양인 남자는 낡은 가죽소파에 앉았다. 물건들은 낡고 구식이었지만 잘 정돈되어 있었다. 맞은편에 거대한 책장이 눈에 띄었다. 어두운 표지의 책들로 가득한 책장 중앙에 티브이가 있었다. 티브이는 꺼져 있었다. 방안은 따뜻했다. 전반적으로 단열이 잘 되는 집이었다. 기름스토브 하나 켜져 있는 게 전부였다. 그는 조금 전 자신이 만난 늙고 거대한 남자를 떠올렸다. 처음 남자를 본 순간 그는 무척 놀랐다. 마치 오랜 세월로 사람을 압도하는 늙고 거대한 나무를 맞닥뜨렸을 때와 비슷한 느낌이다.

젊은 남자는 최대한 그다운 속도와 무기력함으로 방을 둘러보았다. 이런 표현이 적절하다면, 그는 자신의 눈앞에 보인 그대로를 믿을 수 있었다. 주방에서 주전자의 쉭쉭거리는 소리가 들려왔다. 방 귀퉁이에는 개 한 마리가 턱을 괴고 엎드려 있었다. 털이 까매서-특히 등 쪽이-아까는 미처 발견하지 못했다. 개는 몸집이 컸지만 포악해보이진 않았다. 그는 코트 주머니에 찔러 넣은 손을 꺼내 개에게 오라는 시늉을 해보였다. 개는 축

처진 눈을 하고 아무런 미동도 하지 않았다.

남자가 차와 함께 맥주를 내왔다. 남자가 맥주를 권했지만 그는 됐다고 사양했다. 늙은 남자가 자신의 콧수염을 잡아당기며 맥주를 입에 가져갔다. 꽤나 긴 수염이었다. 누군가 수염을 기르는 건 남자의 특권이라 했었다. 수염은 늙은 남자에게 무척 잘 어울렸다.

"이곳 추위는 정말 대단하지 않소?"

젊은 남자는 대답 대신 살짝 미소 지어보였다.

"수십 년을 살았지만 아직도 익숙해지지 않는 게 이곳 추위라오. 아마 죽는 날까지 그럴 테지."

남자가 흘긋 젊은 남자를 바라보았다. 막상 말해놓고 보니 자기가 죽는 날만 기다리는 재미없는 늙은이처럼 느껴졌기 때문이다.

"기름 말고 필요한 건 없소?"

"없습니다."

"혼자 사시오?"

"네."

젊은 남자가 두 손으로 찻잔을 감싼 채로 입에 가져갔다. 늙은 남자가 셔츠 왼쪽 주머니에서 담배를 꺼냈다. 그에게 권했지만 이번에도 젊은 남자는 정중히 사양했다. 남자가 담배에 불을 붙였다. 치익 하고 불 붙이는 소리에 개가 벌떡 일어났다. 그러나 따분해서 그랬다는 듯 건조한 표정으로 도로 엉덩이를 붙였다.

두 사람은 아무 말도 하지 않았다. 처음에 늙은 남자는 눈앞의 손님이 무언가 더 말하지 않을까 기다렸다. 하지만 그는 입을 꾹 다문 채 양손으로 커피잔을 들고 언 몸을 녹였을 뿐이다. 생각해보면 그가 소란스럽게 떠들고 기다렸다는 듯 자신의 이야기를 늘어놓는 게 더 이상했다.

늙은 남자는 아까보다 좀 더 느긋해져서 남자를 바라보았다. 남자는 그가 생각했던 것보다 훨씬 더 어려 보였다. 아마 멜리나의 아들보다도 훨씬 더 어릴 것이다. 남자가 어째서 이 낯선 땅에 와서 누구와도 어울리지 않고 온종일 집안에만 틀어박혀 있는 것인지 알 수 없었다. 하지만 그는 아무것도 묻지 않았다. 설령 그가 말해준다 한들 그러한 이야기가 남자에게, 그리고 그 자신에게 무슨 의미가 있단 말인가?

남자는 너무 늙었다. 두 사람 사이엔 어마어마한 나이차가 있었다. 굳이 말하자면 한 사람이 태어나 죽고도 남을 시간이었다. 그 역시 젊은 시절을 지나왔다. 그것은 마치 어제 일처럼 가까운 것이다. 하지만 그는 벌써 아흔 살이고, 혼자 살고 있으며, 그가 하는 생각이라곤 만일 자기가 죽으면 자신의 개는 어떻게 될까 하는 것들이었다. 불과 오늘 오후까지만 해도 그는 젊은 남자를 만나게 되리라곤 상상도 못했다. 그날만을 그토록 간절히 기다려왔음에도 불구하고.

"이만 가봐야 할 것 같네요."

젊은 남자가 말했다.

늙은 남자는 고개를 끄덕였다. 그가 자리에서 일어나 미리 꺼내놓은 기름통을 가리켰다.

"기름은 얼마든지 가져가요. 지금 있는 걸 다 쓰기엔 난 너무 늙었으니까."

젊은 남자가 문밖을 나설 때까지 개는 움직이지 않았다. 남자는 개와 콧수염을 기른 노인을 한 번 바라보고는 조용히 집을 나섰다.

젊은 남자의 집안은 싸늘했다. 마치 보이지 않는 추위가 빈 집을 뛰어다니며 비명을 지르는 느낌이었다. 그가 스토브에 기름을 채우자 다닥다닥 타면서 불이 들어왔다. 그의 방엔 여전히 아무것도 없었다. 침대도, 책상도, 소파도. 그는 일부러 아무것도 채우지 않았다. 무언가를 채우고자 했다면 구태여 여기 올 필요가 없었을 것이다.

추위가 복종을 가져오는 곳에 남자는 살고 있었다. 그것은 다르게 말하면 이렇게 된다. 남자는 손 쓸 수 있는 게 아무것도 없었다.

방안은 고요했다. 스토브 앞에 쪼그리고 앉은 채 그는 흐느껴 울기 시작했다.

혁명

B는 "혁명적인 날이다"라고 말했다. B는 대학에서 정치학을 전공했다. 혁명은 그가 자주 쓰는 말이다. 그는 그 말이 구닥 다리 같아서 좋다고 했다.

우리는 도서관 구내식당에서 점심을 먹고 담배를 피우러 뒤 뜰에 나왔다. B는 낯 뜨겁지도 않은지 하늘을 보고 주종관계 의 역전, 이란 말을 잘도 사용했다. 그는 계급사회가 영원히 사라지지 않을 거라고 했다. 권력의 형태만이 문제라는 것이 다. 그는 다리까지 꼬고 고개를 끄덕거렸다. 주걱턱이긴 해도 미남이었다.

그곳에는 담배를 피우기 위해 나온 남자들이 스무 명 가까 이 있었다. 급수만 다를 뿐 모두들 공무원 시험을 준비하고 있 었다. 7급, 9급, 사시, 외시, 임용고시생도 있었다. 나는 중학 교 때 사회시간에 배웠던 게 생각났다. 전통사회는 수평이동만 가능하지만 현대사회는 수직이동만이 가능하다……. 혁명은 엘리베이터 같은 것일지도 모른다. 한도를 초과하면 경고음을 지르며 절대 움직이지 않는다. 정원 수를 늘릴 필요가 있었다.

B가 다시 하늘을 올려다보았다. 그가 하늘을 자꾸 올려다보자 다른 녀석들까지 바보처럼 고개를 쳐들었다. B가 그들을 흘끔 보았다. 그러더니,

"Human!"

하고 갑자기 소리쳤다. 번역하면 "인간이란!"의 일갈 정도일 것이다.

"오늘은 정말 혁명적인 날이야."

나 역시 동감이다.

샤론의상실

오노레 드 발자크는 죽을 때 비앙숑을 불러달라고 했다고 한다. 비앙숑은 유능한 의사로 그가 만든 2천명에 가까운 가상인물 중 한 명이다.

때때로 소설이 현실이 되는 공상을 한다. 마음속 바람이 글을 쓰는 데 만족하지 못하고 끊임없이 희망을 부추긴다.

길을 걷고 있는데, 누가 자꾸 쫓아오고 있다는 생각이 들었다. 돌아보니 젊은 남자였다. 짧은 머리에 턱이 길었다. 입꼬리가 내려가 그런지 새침해 보이는 인상이다. 나와 눈이 마주치자 당황한 낯빛을 했다. 고개를 돌리고 모른 체 계속 걸었다. 그 순간 나는 그가 지하단체의 회원이라고 상상했다.

그들은 외로워 보이는 타인의 뒤를 쫓는 것을 목적으로 한다. 타인의 고독을 알아보는 방법은 제각각이고 또 대개의 경우 비슷한 경험을 가진 자로서의 본능적인 직감에 의거한다. 그러나 결국 그들의 목적은 생판 알지 못하는 남의 고독을 나누고자 하는 것이다. 외로움을 들키고 싶어 하지 않는 슬픈 습성을 가진 현대인에게 그들이 할 수 있는 일은 목적지까지 동행하는 것이다. 비록 이 남자는 단체의 기본수칙 중 하나인 '상대가 모르게 하라'를 어겼지만, 나는 기뻤다.

하늘은 파랬다. 나는 일부러 멈춰 서서 길 위를 지나는 사람들을 지켜보았다. 사람들은 나와 눈이 마주치는 것을 극도로 꺼렸다. 뒤에 있는 남자를 의식하며 다시 걸음을 옮겼다. 그의 그림자가 조금 더 길게 드리워지기를 기대하면서. 얼마쯤 걸었을까. 고개를 돌렸을 때, 남자는 사라지고 없었다.

다시 길을 걸었다. 조금 추웠다. 외투 깃을 잡아당기며 바라본 건물에 간판 하나가 보였다. 〈샤론의 상실〉. 그러나 그것은 다시 보자 〈샤론 의상실〉이었다.

해가 짧아졌다. 날이 어두워져도 사람들은 분주했다. 멀리 길가에 소쿠리를 내어놓고 파는 늙은 여자가 보였다. 소쿠리 옆에는 그녀가 팔 물건을 담아놓은 봉지가 있었다. 투명한 봉지 사이로 비친 것은 죽은 병아리였다. 때에 절어 누르께하게 변색된 병아리들이 나뒹굴고 있었다.

"삼천 원에 가져가."

늙은 여자가 말했다.

자세히 보니 그것은 죽은 병아리가 아니었다. 감자였다. 나는 대답하지 않았다. 그냥 지나쳤다. 그러나 얼마 못가 되돌아왔다. (왜?)

늙은 여자가 말했다.

"달고, 맛있어."

나는 죽은 병아리 열두 개를 샀다. 그중 세 개를 먹고 버렸다.

날치기

젊은 여자가 길을 걷고 있었다. 어둠이 끈적하게 내려앉고 오래 전에 인적이 끊긴 음산한 거리를.

자전거를 타고 가던 한 남자가 여자를 발견하고 다가왔다.

"전 경찰입니다. 가방 조심하세요. 조금 전 날치기 당한 여자를 보고 왔거든요."

여자가 고개를 끄덕였다.

남자가 여자를 따라왔다.

"그렇게 가방을 메시면 안 돼요. 가방을 아기 안듯이 품에 안으세요."

남자가 두 손으로 시범을 보여주었다. 여자가 쭈뼛하며 어깨에 메고 있던 가방을 두 팔로 안았다.

"조금만 더, 조금만 더요!"

여자가 어깨가 모아질 만큼 세게 가방을 끌어안았다. 그제야 경찰이 만족스러운 미소를 지었다.

"네. 좋아요. 그런데 이 밤에 어디 가시는 거죠?"

남자가 날카롭게 물었다. 여자는 대답하지 않았다. 만일 경찰이 조금만 더 주의 깊게 그녀를 보았더라면 그녀의 얼굴에 누군가 여러 차례 손찌검한 흔적을 알아볼 수 있었을 것이다. 조금만 더 주위가 밝았더라도 말이다.

여자는 우물쭈물했다. 남자는 나쁜 사람이 아니었다. 젊고 건장했으며 호의적이었다.

여자는 아까보다 가방을 바짝 끌어안았다. 가방을 아기처럼 끌어안은 여자는 이 가방이 정말 아기처럼 생각되었다.

"이런! 내 정신 좀 봐!"

남자가 웃었다.

"귀가하시는 중이었군요!"

남자가 주위를 두리번거리며 말했다.

"제가 댁까지 모셔다 드리죠. 부담은 갖지 마시고요."

남자가 자전거에서 내렸다.

두 사람은 밤길을 나란히 걷기 시작했다. 그는 그녀가 어디에 사는지 물었다. 그녀가 몇 살이고, 고향이 어디인지도, 취미가 무엇인지도 물었다.

그녀는 대답하면서 남자 쪽으로 천천히 가방을 돌려 멨다. 차라리 날치기를 당하는 게 낫겠다고 생각하면서.

살인동기

　나는 모범수이기 때문에 출옥하자마자 일자리를 소개받을
수 있었다. 미용실은 아파트 단지 안에 있었다.

　원장 언니는 교도소 출신이었다. 그녀는 두 가지 점에서 존
경받을 만한 대상이었다. 하나는 그녀가 감옥수 출신으로 미용
실까지 차릴 만큼 성공했다는 것이고 또 하나는 자신의 후배
에게 기꺼이 일자리를 제공해주는 몇 안 되는 선배들 중 한
명이라는 것이다.

　그녀는 내가 살인죄로 수감되었다는 걸 알고 있었다. 그러
나 그녀는 내가 나를 강간하려 한 사람을 죽인 줄로만 알고
있었다. 그러나 그와 나는 애인 사이였다. 그는 나를 강간하지
않았다. 다만 나 하나에 만족하지 않고 여러 여자를 만났을 뿐
이다. 그는 나를 부끄러워했다. 사랑과 부끄러움이 공존할 수
있는 건 부모뿐이라고 믿었던 나는 어느 날 모텔에서 그를 칼
로 찔러 죽였다. 나는 미성년자라는 이유로 감형되었다. 내 애

인은 원조교제를 하다가 여고생한테 재수 없게 당한 걸로 기록되었다. 아주 틀린 말은 아니다.

교도소에서는 제빵 기술이나 미용기술 등 하나를 선택해 직업교육을 시켜주었다. 나는 미용기술을 배웠다. 나는 훈련생 중 습득이 빠른 편이었다. 선생님은 내게 소질이 있다고 칭찬해주었다.

어느 정도 기술을 익혔을 즈음 요양원에 가서 노인들을 대상으로 봉사활동을 갔다. 지금껏 나는 늙은 사람들의 머리털을 만져본 적이 없었다. 나는 이빨이 다 빠져버린 어떤 할머니의 머리를 잘랐다. 노인의 머리털은 숱이 없고 절반 이상이 하얗게 세어버렸다는 게 다를 뿐 특별히 다른 점은 없었다. 인조가발보다는 부드럽고 섬세했다.

이빨 빠진 할머니 다음 차례였던 할아버지는 머리를 자르지 않겠다고 떼를 썼다.

"어차피 죽을 텐데 뭘."

그러나 할아버지도 일단 자리에 앉자 꽤나 흡족한 얼굴로 머리를 맡겼다. 그들은 내가 머리를 만져줌으로 해서 현재보다 나아질 거라고 기대하는 눈치였다. 실제로 그들은 깔끔하고 단정해졌으며 그 사실에 어린애처럼 좋아했다. 웃기는 일이지만 그들이 곧 죽게 될 늙은이들이라는 데 -혹은 죽을 날만을 기다리는 것밖에 달리 할 일이 없어 보인다는 데- 행위는 극적인 의미를 띠고 나타났다. 나는 머리카락을 만지는 일이 세상에 다시없는 근사한 일처럼 느껴졌다. 머리카락이 아니라 한 사람의 인생을 만지는 느낌이었기 때문이다.

나는 앞으로 훌륭한 미용사가 되겠다고 다짐했다.

그러나 불행하게도 일을 시작하자마자 나는 걸핏하면 사람들에게 실망만 안겨주는 골칫덩어리가 되고 말았다. 사람들은 도무지 만족해할 줄 몰랐으며 십년은 더 늙어 보인다며 불평했다.

"너무 신경 쓰지 마. 여기 온 사람들 다 자기가 엄청 예쁜 줄 알거나 예뻐질 수 있다고 믿고 있거든. 기대가 큰 만큼 실망도 큰 법이지. 하지만 본판이 바뀌니. 그러려니 하고 돈만 잘 받아 챙기면 돼."

언니는 나를 위로해 주었다. 맞는 말이다. 그런데도 그들의 친절한 눈이 잠시 후 증오감에 차 나를 바라볼 걸 생각하면 속이 메슥거리고 온몸에 소름이 돋았다.

그 일이 일어난 건 내가 일을 시작하고 처음 맞는 여름이었다. 한 젊은 여자가 미용실로 찾아왔다. 나는 곧바로 그녀를 알아봤다. 그날 아침 내가 머리를 잘라준 여자였다. 그녀는 오전 내내 생각해봤지만 도저히 이 사실을 용납할 수 없다고 말했다.

"짧게 잘라주세요."

미용실에는 네다섯 명의 손님들이 있었다. 그들의 시선이 불안한 듯 나를 쳐다보았다. 막 문을 열고 들어온 여자가 불안한 얼굴로 도로 나갔다.

나는 한 시간에 걸쳐 그 여자 머리를 잘랐다. 여자는 아예 숏커트를 쳐달라고 했다. 여자는 한마디도 하지 않았다. 내가 일부러 몇 번 말을 걸었는데도 대꾸도 하지 않았다. 머리를 자른 그녀는 조금 전과 또 달라보였다. 좀 더 신경질적으로 보였다.

나는 머리를 감겨주러 그녀를 샴푸실로 데려갔다. 나는 몹시 비참했다. 그때 좋은 생각이 떠올랐다. 나는 머리를 감기는 척하다가 그녀의 목을 졸랐다. 여자는 머리를 바짝 뒤로 젖히고 있어서 비명도 못 지르고 버둥대다 죽었다.

언니는 미용실 문을 닫았다. 나는 교도소로 돌아갔다.

나는 제빵 기술을 배우기로 마음먹었다.

변명

아내의 새 사랑은 말릴 수가 없을 정도다. 여기서 새는 새롭다는 의미의 새가 아니다. 날개 달린 새를 말한다. 그렇다고 새로운 사랑이란 말이 아예 틀린 말은 아니다. 아내의 사랑은 내게서 새로 옮겨갔다.

나는 아내에게 새의 어떤 점이 좋으냐고 물어봤다.

"새는 말을 안 하잖아. 조그맣고 알 수 없는 소리를 내거든."

나는 그건 고양이나 기니피그도 마찬가지라고 말했다.

"새보다는 고양이를 키우는 게 어때?"

나는 새를 싫어한다. 그걸 알면서도 아내는 개를 산책시키듯 매일 밤 새를 집안에 풀어놓았다. 새가 온 집안을 날아다니며 내 머리에 똥을 싸갈길 때는 정말 총으로 쏴죽이고 싶어진다.

"고양이가 얼마나 사람을 귀찮게 하는지 알아?"

이렇게 말하며 아내는 물을 제 똥만큼 삼키는 새를 귀여워 죽겠다는 듯 바라보았다. 나는 짜증이 나서 그럴 바에야 금붕어를 키우지 그러냐고 했다.

"금붕어는 아예 아무 말도 안 하잖아."

아내가 어이없다는 듯 나를 쳐다보았다.

"당신 정말 왜 이래?"

나는 입을 다물었다. 그건 내가 묻고 싶은 말이었다.

나는 아내가 없는 틈을 타서 새를 버렸다. 원래는 베란다에서 날리려고 했는데 새에게 귀소 본능이 있다는 걸 깨닫고 일부러 경기도까지 나가 버렸다. 새는 짧은 목을 갸웃갸웃하더니 휙 날아가 버렸다.

그날 밤 집안이 난리가 났다. 내가 일부러 새를 버렸다고 아내가 몰아붙여서 -틀린 말은 아니지만- 아마도 새장 문고리가 열려져 있었던 모양이라고 변명했다.

"너무 걱정하지 마. 럭키(이 개 이름 같은 게 새 이름이다)는 돌아올 거야. 그때까지 창문을 활짝 열어두자고."

새는 돌아오지 않았다. 귀소본능이라니. 똥오줌도 가릴 줄 모르는 그 멍청한 새가 자기 집을 찾아올 리가 없다. 그런데도 한 달 넘게 우리는 창문을 열고 살았다. 들고양이에게 물려죽었을지도 모를 새 한 마리 때문에 우리 부부는 감기까지 걸려야 했다. 아내는 밥도 안 먹고 밖에 나가지도 않았다. 내가 말을 걸면 짜증을 내고 대꾸도 하지 않았다.

나는 후회하지 않았다. 어쨌거나 시간이 지나면 잊혀질 거였다. 아내가 다른 새를 사자고 조르지만 않는다면 문제될 건 아무것도 없었다. 실제로 시간이 흐를수록 아내도 안정을 되찾는 것처럼 보였다. 내게 히스테릭하게 굴지도 않았으며 빈 새장을 멍하니 쳐다보는 일도 줄었다. 다른 새를 사자고 조르지도 않았다.

그즈음 시골에 계신 어머니에게 약간의 문제가 생겼다.

"자꾸만 숫자를 거꾸로 세셔."

형이 말했다.

왜 하필 숫자인지 모르겠지만 어머니 머리도 거꾸로 되어버린 게 틀림없었다. 어머니는 일흔네 살이었지만 네 살처럼 굴었다. 일흔 살이나 거꾸로 돌아가버린 어머니는 밭도 돌보지 않고 마당에 쪼그리고 앉아 루시(이 새 같은 이름이 개 이름이었다) 이름만 부른다고 했다.

형이 당장은 어머니를 돌보기 어렵다 해서 아내와 상의 후 어머니를 모시러 갔다. 전 같으면 도시 생활이 싫다며 치를 떨던 어머니였지만 자동차를 보자 신이 나서 타시더니만 그대로 잠이 들어버렸다.

"완전히 딴 사람 같아." 아내가 말했다.

떠나기 전 우리는 루시를 옆집에 맡겼다. 그 집은 이미 개를 세 마리씩이나 키웠지만 흔쾌히 맡아주었다. 루시가 암컷이었기 때문이다.

아내는 어머니를 잘 돌봐주었다. 잠깐이지만 예전에 복지센터에서 일했던 경험이 도움이 되었다. 어머니는 어린애처럼 굴긴 해도 본래가 말수가 적은 분이라 사람을 귀찮게 하진 않았다. 밥도 잘 드셨다. 시골 사람의 근성은 이래서 무섭다는 생각이 들었다. 치매 앓는 노인네들 얘기는 초반에 우리 부부의 관계를 껄끄럽게 만들었지만 낯선 대상의 출현이 꼭 나쁜 것만은 아니었다. 주말이 되면 우리 부부는 어머니를 모시고 나들이를 갔다. 외식도 자주 했다.

하루는 집에 돌아오자 두 사람이 보이지 않았다. 두 사람이 함께 외출하는 일은 드물었으므로 아내에게 전화를 걸었다.

"마트에 왔어. 요샌 해도 길고."

수화기 너머 아내가 대답했다.

밤이 깊어서야 아내가 돌아왔다. 어머니는 보이지 않았다.

"어머니는?"

"사라지셨어."

아내가 신발도 벗지 않고 현관 바닥에 주저앉았다.

"잠깐 뭣 좀 고르고 있는 사이에. 방송도 하고 마트 주변도 다 뒤져봤는데……."

나는 아내를 때렸다. 아내가 동물처럼 울부짖었지만 그뿐이라고 생각했다.

정말 그뿐이다.

150

기적

왜 갑자기 그런 생각을 했는지 모르겠다. 아마 나는 좀 심심했던 것 같다. 나는 길 가던 한 못생긴 여자의 전화번호를 땄다. 지금껏 내가 본 여자 중 가장 못생긴 여자였다.

우리는 저녁을 먹고 공원을 산책했다. 못생겼지만 똑똑한 여자였다. 그녀는 내게 피카소에 대해 이야기했다. 나는 그림을 잘 모르지만 피카소가 여자를 밝힌 건 알고 있다고 했다. 그리고 그녀에게 예쁘다고 칭찬해주었다 그녀는 내 말을 믿지 않았다. 믿지 않는 게 당연했다. 그녀는 정말 못생겼으니까.

나는 그녀를 만날 때마다 예쁘다고 말했다. 네가 믿든 안 믿는 내 눈에 너만큼 예쁜 여자는 없어.

그녀는 내가 자기를 놀린다고 생각했다. 그러나 나중엔 내 말을 믿었다. 남자보다 여자 쪽이 훨씬 더 단순하다.

그녀와 사귄지 한 달 되던 날이었다. 나는 진실을 폭로하기로 마음먹었다.

"다 거짓말이야. 넌 정말 못생겼어!"

그녀는 사시나무 떨듯 떨었다. 못생긴 여자였지만 충격을 받은 표정만큼은 매력적이었다. 그녀는 화내거나 소리 지르지 않았다. 입술을 파르르 떨다가 떠났다.

어느 날 나는 처음 보는 남자들에게 끌려갔다. 그들은 내 얼굴에 이상한 천 같은 걸 씌운 뒤 어디론가 데려갔다. 그리고 미친 듯이 팼다. 얼마나 맞았는지 숨도 쉴 수 없었다. 누군가 내 어깻죽지에 손을 밀어 넣고 일으켜 세웠다.

"잘 가라, 이 개새끼야!"

그가 뒤에서 밀었다. 나는 아래로 떨어졌다. 바람이 쉭쉭거리며 귓바퀴를 후려쳤다. 정신을 잃었고 눈을 떴을 때는 병원이었다.

한 여자가 눈앞에 있었다. 나는 그녀를 알아보았다. 그녀가 손을 뻗어 내 얼굴을 살며시 어루만졌다. 저리 치우라고 외치려는데 목소리가 안 나왔다. 손을 들어 올리려는데 팔에 감각이 없었다. 팔 자체가 느껴지지 않았다. 분명 두 눈으로 그녀를 보고 있는데 나란 인간 자체가 공기가 되어버린 것 같았다.

"깨어났어요!"

잠시 후 문이 열리고 사람들이 우르르 들어왔다. 거기엔 나의 부모님도 있었다. 그들이 비명을 지르며 내게 달려들었다.

"말했다시피 식물인간이에요"

의사가 고개를 절레절레 흔들더니 나갔다. 그녀가 울었고 나의 부모는 다시 한 번 소리 질렀다.

그녀는 매일 밤 나를 찾아왔다. 그녀는 내 얼굴을 만지고 쓰다듬고 천천히 입 맞추었다. 나는 소름이 끼쳤다. 모든 게 그녀 짓이었다. 이것은 영화나 드라마에서만 보던 일이었다.

나는 억울한 식물인간들이 대개 그러하듯 눈을 깜빡여서 그녀를 고발할 날만을 기다렸다. 그러나 기회는 오지 않았다.

나는 낮이나 밤이나 같은 자리에 누워 있었다. 잘 때를 제외하곤 눈을 꿈벅꿈벅 뜨고 있는 게 내가 하는 유일한 일이었다. 그나마도 내 얼굴도 못 본지 오래되었다.

처음엔 나의 부모와 친구들도 자주 찾아왔다. 그러나 그들의 발길도 점차 뜸해졌다. 오직 그녀만이 하루도 거르지 않고 꼬박꼬박 찾아왔다.

맨 처음 나는 조금만 있으면 벌떡 일어날 수 있지 않을까 기대했다. 몸을 움직일 순 없지만 정신만큼은 또렷하고 말짱했다. 사람들은 그런 걸 기적이라고 불렀다. 어딘가 존재하긴 하지만 내게는 일어날 리 없는 무엇.

그녀 역시 말했다. "기적은 없어."

씨발년.

그날도 나는 온종일 기진맥진해 있었다. 간호사가 틀어놓은 라디오를 듣고, 이상한 주사를 맞고, 몸에서 똥오줌을 빼내고, 앵무새 같은 신부의 기도를 들어주어야만 했다. 천장에는 시계가 있었다. 누가 걸어놨는지 몰라도 처음부터 거기엔 시계가 걸려 있었다. 째깍째깍째깍째깍. 일곱 시가 되자 문이 열렸다.

"잘 있었어?"

작고 쫙 째진 눈, 둥글고 납작한 코, 넓적한 뺨, 두꺼비 같은 입.

그녀는 예뻤다. 그건 믿을 수 없게도 사실이었다. 기적이 일어난 것이다.

모기의 결단

어느 날 아기 모기는 길을 가다 우연히 한 남자가 말하는 것을 들었다.

"하느님은 모기란 놈들을 왜 만들었는지 몰라. 귀엽지도 않고, 전혀 쓸모가 없거든. 여름만 되면 사람들의 피를 쪽쪽 빨아먹고 그것도 모자라 엥엥 울기까지 하니 모기들이야말로 이 세상에서 없어져버려야 돼."

아기 모기는 큰 충격을 받았다. 태어났을 때부터 당연하게 사람들의 피를 먹고 살아왔지만 그게 그렇게 미움 받을 일인 줄 몰랐던 것이다.

그때였다. 남자가 아기 모기를 발견했다.

"저거 모기 아냐!"

남자가 두 손을 펼쳐 아기 모기를 잡으려고 했다. 아기 모기가 깜짝 놀라 잽싸게 몸을 피했다. 아기 모기는 무서워서 하마터면 울음을 터뜨릴 뻔했다. 하지만 그랬다가는 남자가 자기

울음소리를 듣고 또다시 달려들 것 같아 꾹 참고 헐레벌떡 집으로 돌아왔다.

"엄마, 사람들이 모기는 쓸모가 없어서 없어져야 한대요."

아기 모기는 이렇게 말하고 끝내 울음을 터뜨렸다.

엄마 모기는 마음이 아팠다. 사실 모기들이 사라져버려야 한다는 인간들의 악담은 새삼스런 일이 아니었다. 사람들은 툭하면 모기들이 멸종되어야 한다면서 다채로운 모기약을 개발해내고 있었던 것이다. 이 때문인지 몰라도 언제부턴가 모기들은 어째서 자신들이 이 땅에 태어났는지에 대한 진지한 고민을 하기 시작했다.

모기들은 피를 많이 먹지도 않는다. 위 크기가 작아서 동물이나 사람의 피를 좁쌀만큼 마신다. 호랑이가 풀을 뜯어먹지 못하고, 기린이 물고기를 먹지 못하듯 모기는 피를 먹어야만 산다. 모기들의 입이 바늘처럼 뾰족한 것도 피를 잘 빨아먹기 위해서다. 그런데도 사람들이 모기를 미워하니 모기들은 너무 억울했다.

모기들은 어느 날 회의를 열었다.

"우리 모기들이 어째서 이 땅에 존재해야 하는가로 평판이 좋지 못합니다. 모기들도 대책을 세우지 않으면 안 됩니다."

사회를 맡은 모기가 말했다. 모기들은 고민에 빠졌다.

그때였다. 한 젊고 똑똑한 모기가 손을 들었다.

"사람들의 피를 빨아먹으면서 욕심까지도 함께 빨아먹으면 어떻겠습니까?"

이 말은 꽤 그럴싸하게 여겨졌다. 당시 세상에는 욕심 많은 사람들이 아주 많았기 때문이다. 사람들의 피를 빨아먹으면서 동시에 욕심까지 빨아먹으면 인간세상이 훨씬 아름답고 평화로워질 게 아니겠는가? 그러면 사람들도 모기가 피를 빨아먹는 걸 더 이상 미워하지 않고 오히려 칭찬해줄 게 분명했다.

"좋습니다!"

"찬성이에요!"

모기들은 입을 모아 청년 모기의 의견을 지지했다. 그리하여 장장 수억 년에 걸친 모기들의 역사는—모기는 인류보다 훨씬 오랜 역사를 가지고 있었다—중대한 변화를 맞이하게 되었다. 모기들은 다같이 모여 피와 욕심을 한꺼번에 빨아들이는 선서를 했다.

그 해 여름, 인간 세상에는 커다란 변화가 일어났다.

대기업 회장들이 잇달아 자기 재산을 내놓고 장학재단을 설립했다. 정치인들은 꽁꽁 숨겨둔 비자금을 꺼냈고, 밀린 세금도 몽땅 냈다. 인색하기로 소문난 공장 사장은 몇 년째 제자리걸음인 직원들의 월급을 올려주었다. 은행 창구에 마련된 사랑의 성금통에는 예년보다 스무 배에 가까운 돈이 들어왔다. 성형수술을 하려고 모아둔 돈을 불우이웃을 위해 선뜻 내놓은 여자도 있었다. 가짜 보석이나 가방을 팔아 이익을 챙기던 사람들이 사라졌고, 돈을 주어 연예인이나 운동선수로 발탁하던 나쁜 관행도 사라졌다.

어느 예리한 신문기자가 이 모든 일이 모기 때문에 벌어졌다는 것을 알아냈다. 그는 신문에 모기가 피와 욕심을 동시에 빨아먹는다는 기사를 발표했다. 이것은 금세 화제가 되었다.

사람들은 환호했다. 그들은 돈이 많은 사람들을 질투하고 미워했기 때문에 너도나도 모기가 유익한 결정을 했다며 기뻐했다.

한편 부자들은 이러한 변화를 달가워하지 않았다. 그들은 모기에 물린 사람들이 거액의 돈을 스스럼없이 내놓는 것을 보자 덜컥 겁이 났다. 자신도 어느 순간 모기에 물려 재산을 내놓게 될까봐 두려웠던 것이다. 그들은 모기에 물려 자신의 욕심마저 잃어버릴까봐 걱정했다.

부자들은 점차 외출하지 않게 되었다. 어쩌다 밖에 나가더라도 모기가 물지 못하게 옷을 두 겹 세 겹 껴입거나 특수제작한 방탄복을 입고 다녔다. 휴대용 모기약을 들고 다녔으며 모기가 싫어하는 냄새가 나는 향수를 뿌리고 다녔다. 어떤 이들은 모기퇴치 전용 수행원을 두고 눈에 띄는 모기마다 닥치는 대로 잡아 죽이게 했다.

그 바람에 예년보다 훨씬 많은 모기들이 다치거나 죽임을 당했다. 모기들은 비탄과 슬픔에 잠겼다.

어느 날 모기들은 긴급회의를 열었다. 절반에 가까운 모기들이 피와 욕심을 빨아먹는 것을 중단해야 한다고 말했다. 하지만 나머지 모기들은 그래서는 안 된다고 반대했다.

그들은 이미 거룩하게 희생된 동료 모기들을 위해서라도 이제 와서 그만둘 수 없다고 말했다. 지금 당장은 희생이 따르겠지만 욕심 많은 사람들이 줄어들수록 불어난 자비와 동정이 모기들의 세상에 평화를 오게 할 거라고 말이다. 모든 일에는 희생이 따르기 마련이고 특히 그것이 이 세상에 모기의 참된 가치를 알리기 위한 결단인 이상 우리의 결정은 언젠가 빛을 보게 될 거라고 그들은 입을 모아 말했다.

그러나 반대파의 의견은 달랐다. 그들은 사랑하는 가족과 친구를 잃은 모기들이었다. 모기들은 이것이 과연 누구를 위한 싸움인가에 의문을 제기했다. 모기인가, 인간인가? 그들이 생각하기에 모기가 쓸모없다는 것은 어디까지나 인간만이 가진 의견인 것 같았다.

사실 인간이라고 이 세상에 쓸모 있다고 말할 수 있을까?

모기들이 보기엔 인간이야말로 쓸모없고 오히려 해로운 존재들이었다. 모기들이야 기껏해야 피부를 가렵게 하고 부어오르게 할 뿐이지만, 인간은 자신이 사는 땅을 더럽히고 닥치는 대로 파괴했던 것이다. 따지고 보면 인간은 한 사람도 빠짐없이 욕심이 많다는 게 반대파의 주장이었다.

"이건 영원히 끝나지 않을 싸움이에요!"

반대파 중 누군가 외쳤다.

두 집단의 의견은 팽팽히 맞섰다. 결국 회의는 이렇다 할 결론을 내리지 못하고 끝이 났다.

날이 갈수록 상황은 악화되었다. 부자들은 자신들의 돈과 지위를 이용해 아예 모기를 멸종시키려는 계획을 세웠다. 그 결과 매일 수백만 마리의 모기들이 죽어나갔다. 가난한 사람들은 두려움에 떨기 시작했다. 어느 순간 그들은 정말로 모기가 멸종되어 버릴까봐 겁이 났다.

사람들은 뜻밖의 혁명가들을 보호하기 위해 너도나도 팔을 걷어붙였다. 모기가 나타나면 손이나 책으로 쳐 죽이지 않고 순순히 팔뚝을 내주었다. 양봉업자들은 벌 대신 모기들을 위한 집을 짓고 새끼를 낳을 수 있도록 도와주기도 했다. 이들에게 모기에 물린 가려움은 굶주림이나 가난, 불공평한 세상에 비하면 아무것도 아니었던 것이다.

부자들은 어떤 모기든 닥치는 대로 죽였기 때문에 반대파 모기의 목숨도 위태로웠다. 선서가 폐기되지 않은 이상 반대파 모기들도 결단을 내려야만 했다. 그들은 살아남기 위해 부자들과 싸우기로 했다.

사람들은 모기를 보살펴주는 대신 소맷자락이나 옷깃에 품고 부자들 앞에 가 공격을 지시하기도 했다. 그러면 네댓 마리의 모기가 동시에 뛰쳐나가 부자들의 목이나 뺨을 꽉 물었다. 간혹 피를 빨아먹던 도중 손바닥에 치여 죽임을 당한 모기도 있었다. 그때마다 세상은 모기들에게 환호와 갈채를 보내주었다.

모기의 힘은 날로 강력해졌다. 모기에게 한 번 물리고 나면 난폭한 사람도 양처럼 순해졌기 때문에 머지않아 싸움은 모기들의 승리로 끝이 날 것 같았다.

부자들이 욕심을 버리자 많은 사람들이 기회를 얻고 풍요로워졌다. 세상은 공정해졌고 남을 시기하거나 질투하는 일도 사라졌다. 화내는 일이 줄고 웃음이 넘쳤다. 모기들의 바람대로 모든 사람이 행복하게 살 수 있는 사회가 된 것이다.

싸움이 끝나자 모기들의 수는 예전보다 급속하게 불어나 있었다. 이제 그들은 인간에게 죽임을 당할 걱정을 하지 않아도 되거니와 어딜 가나 사람들의 극진한 대접을 받았기 때문에 비로소 자신들의 가치를 인정받는 것 같아 뿌듯했다.

반대파들도 더 이상 자신들이 옳다고 주장하지 않았다. 그들은 여전히 인간을 유익한 존재로 생각하지는 않았지만 적어도 인간이 가진 우월한 힘만큼은 인정하고 있었다. 그래서 다른 생물들과 달리 인간들과 동등한 위치에 서서 무언가 해냈다는 사실에 자부심을 느끼게 되었다.

일찍이 모기는 모기 화석이라는 과학적 증거로 사람들에게 겨우 그 가치를 인정받을 뿐이었지만 이제는 당당히 인류사에 혁명을 일으킨 최초의 생물로서 영예로운 이름을 남기게 될 터였다.

그러나 욕심 많은 사람들이 사라지면서 언제부턴가 사람들은 모기들의 존재에 의심을 품기 시작했다.

'이제 모기는 쓸모없지 않을까?'

그때까지만 해도 사람들은 모기들에게 안락한 잠자리를 제공하는가 하면 닭이나 돼지 등 가축을 잡아다 모기에게 바치기도 했다. 그러나 사람들은 이 일이 점차 성가시고 무의미하게 느껴졌다. 급속히 불어난 모기들이 때때로 자신의 팔다리를 무는 것도 반갑지 않았다. 잠을 잘 때 귓가에 대고 엥엥 울어대는 소리도 짜증이 났다.

마침내 사람들은 모기가 더 이상 필요하지 않다는 결론을 내렸다. 이제는 풍요로운 인간세상에서 사람들은 자신이 어느 순간 모기의 표적이 될 수도 있다는 생각에 두려움을 느끼기 시작했다. 어느 날 밤 사람들은 모기들이 모여 지내는 방에 몰래 약을 피웠다. 모기들은 삽시간에 죽고 말았다.

이 일은 어떤 모기도 예상하지 못한 일이었다. 모기들은 충격과 혼란에 빠졌다. 그들은 혼비백산해 달아나면서도 어째서 사람들이 이런 짓을 했는지 이해하지 못했다. 한때 모기와 인간은 힘을 합쳐 평화로운 세상을 건설하려 했던 동지요 친구가 아니었던가? 그러나 인간들은 갑자기 돌변하여 자신들을 무참히 죽이려 드는 것이다.

모기들은 숲에 모여 긴급회의를 열었다. 그들은 인간의 마음이 변한 이유가 뭔지 토론했다. 결론은 인간은 이기적이라는 것. 이제 인간은 살 만해지자 모기들이 필요 없어진 것이다.

모기들은 자신들의 행동이 얼마나 어리석었는지 깨달았다. 그리고 반대파 모기의 말을 진작 듣지 않은 것을 후회했다.

"인간이야말로 정말이지 쓸모없는 족속들이군요."

간밤의 사고로 가족을 몽땅 잃은 모기가 울면서 말했다.

모기들은 인간의 피와 욕심을 빨아먹는 결의를 폐기했다. 이 결정에 반대하는 모기는 단 한 마리도 없었다.

거지 여자

여자는 버스정류장이 보이는 건물 계단에 앉아 있었다.

모자를 깊게 눌러쓴 남자가 건물 안에 들어왔다가 여자를 발견했다. 너덜너덜 찢어진 청재킷, 발목까지 오는 흰 스커트, 치렁치렁 허리까지 늘어뜨린 머리카락은 떡이 지고 얼굴은 누렇게 떴다.

남자가 계단을 올라가려고 하자 여자가 엉덩이를 벽 쪽으로 붙였다. 남자는 올라가다 말고 여자를 힐끔 쳐다보았다. 좀 아쉬웠다. 예쁘지나 말던가.

남자가 피씨방 사장에게 계단에 앉은 여자를 봤느냐고 물었다.

"응. 왜."

"머리가 좀 이상한 것 같던데."

"가끔 와서 앉아 있어. 얘길 해보면 또 미친년은 아니야."

사장이 피식 웃었다.

남자가 컴퓨터 앞에 앉았다. 이미 저 새끼랑 잤을 거란 생각이 들었다.

*

　버스를 기다리던 나이 든 여자는 그녀가 아픈 거라고 생각했다. 그녀는 주변을 두리번거렸다. 여자아이를 신경써주는 사람이 한 명 정도는 있지 않을까 했지만 아무도 관심이 없어보였다. 어쩜 이럴까.

　여자는 혀를 내두르면서도 자기 역시 안절부절 못했다. 겨우 용기 내 건물 안으로 들어갔다.

　"학생, 어디 아파요?"

　가까이서 본 여자아이는 자기가 생각했던 것보다 훨씬 어려보였다. 기껏해야 스무 살쯤 되었을까. 두 눈은 퀭했고, 말라빠진 팔은 시체처럼 축 늘어져 있었다. 흰 치마 밑단은 해져서 너덜너덜했다. 그 아래로 앙상하게 내놓은 다리가 막대기보다 가늘었다. 오른쪽 복숭아뼈가 벌겋게 부어올라 있었다.

　"학생, 괜찮아요?"

　나이 든 여자가 한 번 더 물었다. 여자아이의 몸에서는 참을 수 없는 역겨운 냄새가 났다. 입을 약간 벌리고 그녀를 올려다보는 모습은 수산시장에서 실수로 빠져나온 물고기를 연상케 했다.

　"도와주세요, 아줌마."

　여자아이가 손을 내밀었다.

163

"조금이면 돼요."

여자는 자신도 모르게 움찔했다.

"학생, 집이 어디예요?"

"조금만요."

"전화번호가 뭐예요?"

"아줌마, 제발."

"부모님이 여기서 이러고 있는 거 알아요?"

여자아이가 갑자기 웃음을 터뜨렸다. 치아만은 우윳빛처럼 하얬다.

"도와줄 거 아님 꺼져. 재수 없게 하지 말고."

늙은 여자는 기겁하며 건물 밖으로 빠져나왔다. 사람들이 자길 쳐다보는 데 약간의 수치심을 느끼며 허둥지둥 버스에 올라탔다.

*

"이상해. 어디선가 본 것 같아."

앞머리를 눈썹 위로 짧게 자른 여자가 입술을 삐죽이며 말했다.

"어디서 본 건지 기억은 잘 안 나는데 분명히 실종신고된 사람 중 한 명이야."

"네 착각이겠지."

남자친구가 시큰둥하게 대꾸했다.

"아냐. 진짜야."

여자아이가 눈썹을 찡그리며 골똘히 생각에 잠겼다. 별안간 아! 하고 소리 지르곤 얼른 입을 다물었다.

"실종신고된 거 맞아. 페북에서 봤어!"

"그래서 뭐 어쩌려고."

"경찰에 신고해야지."

"그랬다가 아니면 어쩌려고 그래."

"쟤 맞다니까. 기다려봐."

여자가 신이 나서 휴대폰을 꺼내 페이스북을 뒤지는 동안 남자는 못마땅한 표정으로 팔짱을 꼈다. 한두 번 이런 게 아니었다. 매번 확실한 것도 아니면서 확신에 차서 호들갑을 떨었다. 하긴, 원래부터 좀 오만한 애긴 했지.

그가 건물 안을 쳐다보았다. 여자아이는 벽에 머리를 기댄 채 무표정하게 앉아 있었다. 묘하게 생긴 얼굴. 그녀 말대로 예쁘긴 했다. 어디선가 본 것 같기도 하고. 그렇다곤 해도 저렇게 생긴 애들이 어디 한두 명인가?

그 순간 계단 위의 여자아이와 눈이 마주쳤다. 눈빛이 야릇했다. 머리가 돈 애 치고는 너무 떳떳하게 사람을 쳐다보는 느낌이었다. 등골이 오싹했다.

"안 나오네. 분명히 봤는데."

여자 친구가 발을 동동거렸다.

"됐어, 그만해."

버스가 오자 남자가 그녀의 팔을 잡아당겼다. 여자가 아쉬운 듯 건물을 힐끔 뒤돌아보았다. 버스가 출발했다.

*

여자는 오랫동안 거기 머물러 있었다. 그녀가 어디에서 왔는지, 대체 거기서 무얼 하는지 누구도 알지 못했다.

여자가 자리에서 일어났다. 너무 오래 앉아 있어서 균형을 잃고 조금 휘청거렸다. 재빨리 중심을 잡고 계단을 내려왔다. 그녀의 흰 치마가 어둔 건물 속에서 물결치듯 빠져나오는 걸 사람들은 멍하니 바라보았다.

여자는 천천히 거리를 걷기 시작했다. 길 가던 사람들 모두 한 번씩 그녀를 돌아보았다. 도시 한복판에 이렇게 젊은 여자 거지가 돌아다니는 광경을 본 적이 없었으므로 그들은 신기해하면서도 눈을 떼지 못했다.

'히피인가?'

십대들은 이렇게 생각했다. 그즈음 자기 꿈이 거지라고 말하는 아이들이 우후죽순 생겨나기 시작했다. 그들은 얼른 바지 주머니를 뒤져 핸드폰을 꺼낸 뒤 그녀의 뒷모습을 찰칵찰칵 찍었다.

한쪽 다리가 불편한지 여자는 절뚝거리며 걸었다. 무표정한 얼굴은 한 번도 웃어본 적 없는 얼굴이었다. 웃는 법을 잊어버렸던가. 그래서 그녀는 우아해 보이기도 했다. 지저분한 옷차림 속에서 그녀의 길고 곧은 눈매와 붉은 입술은 야릇한 상상을 불러일으켰다. 갈색의 풍성한 머리칼이 바람을 따라 사방으로 흩어졌다.

*

　지하철역 안에는 기둥을 둘러싼 원 모양의 의자가 여러 개 있었다. 사람들은 의자에 꽃잎처럼 앉아 있었다. 여자가 앉자 꽃잎들이 하나둘 떨어져 나갔다.

　여자의 주위엔 아무도 없었다. 감색 정장을 입은 남자가 그녀의 옆에 앉았다.

　"아가씨, 뭣 좀 물어봅시다. 종로로 가려면 왼쪽에서 타야 돼요 오른쪽에서 타야 돼요?"

　"……"

　"혹시 누구 기다려요?"

　여자가 남자를 향해 고개를 돌렸다.

　"혼자인 것 같은데."

　남자는 아까부터 반대편에 앉아 여자를 몰래 지켜보고 있었다. 그는 여자가 어린 것이 마음에 든다. 냄새 나고 지저분하긴 하지만 씻기면 되고 새 옷으로 갈아입히면 된다. 하지만 그는 어떠한가?

　남자가 두 손을 무릎 위에 올리고 깍지 꼈다.

　"나도 혼자예요. 누굴 좀 보기로 했는데 시간이 좀 남네."

　여자가 손을 내밀었다.

　"도와주세요."

　남자는 당황하면서도 지갑에서 만 원짜리 지폐를 꺼내 여자에게 쥐어주었다. 여자가 눈을 홉뜨고 누가 가져갈세라 얼른 재킷 주머니에 집어넣었다.

"몇 살이에요? 어려 보이는데."

남자가 다리를 여자 쪽으로 바싹 붙였다.

"……"

"언제부터 이런 일을 하고 다녔어요? 학교는 안 다녀요?"

"……"

"돈을 줬으면 최소한 대답은 해줘야지."

남자가 여자의 손을 세게 잡았다. 여자를 일으켜 세우려고 했지만 여자는 꼼짝도 하지 않았다. 남자가 몇 번 더 거칠게 그녀의 손을 잡아당겼다. 그녀가 비명을 질렀다. 남자가 놀라서 도망쳤다.

역무원이 달려와 여자에게 역 밖으로 나가줄 것을 요청했다.

"여기서 구걸 행위는 안 돼요."

그녀는 조용히 일어나 표를 끊었다. 개찰구를 지나 천천히 사라졌다.

*

작업실은 7층에 있었다. 남자는 그녀에게 언제든 와서 자고 가도 좋다고 허락해주었다.

여자는 자주 남자의 집에 찾아갔다. 그는 작업실에 있을 때도 있었고, 없을 때도 있었다.

그는 서른 살이었고, 화가였다. 말랐고, 우울한 짐승처럼 눈을 떴다.

그들이 처음 만난 날 남자는 자전거를 타고 있었다. 그녀는 건물 입구 바닥에 앉아 손을 펼치고 있었다. 그녀는 미처 그를 못 봤지만 남자는 그녀를 보자마자 큰 충격을 받았다. 마치 아무도 없는 해변가를 거닐고 있는데 속이 환히 들여다보이는 에메랄드빛 바다 위로 검은 생쥐 한 마리가 떠밀려온 듯한 느낌이었다.

그가 자전거 방향을 틀어 그녀 앞에 멈추어 섰다. 그는 잠시 망설였다. 살면서 한 번도 낯선 타인에게 말을 걸어본 적이 없었던 것이다. 그때 여자아이가 먼저 입을 열었다.

"도와주세요."

길고 풍성한 속눈썹, 도톰한 눈두덩 아래 감추어진 두 눈이 신비롭게 빛났다. 아마 스무 살도 안 되었거나 스무 살밖에 안 되었을 것이다.

"지금은 가진 게 별로 없어."

"조금이면 돼요."

그녀가 나무라듯 말했다. 수많은 거지들이 동정을 사기 위해 절박한 표정을 짓는 것과 달랐다.

남자가 허둥지둥 주머니를 뒤졌다. 꼬깃꼬깃한 천 원짜리 두 장을 찾아냈다. 조그만 손에 올려놓자 잽싸게 주머니 속에 쑤셔 넣는다.

"작업실이 근처에 있어."

남자가 말했다.

"가자. 널 그리고 싶어."

남자가 자전거 뒷좌석에 그녀를 태웠다.

남자의 작업실은 몹시 복잡하고 지저분했다. 창문과 소파를 제외하고 사방에 그림들이 잔뜩 널려 있었다.

남자가 그녀를 갈색 가죽소파에 앉혔다. 성인 한 명은 길게 가로누울 만한 커다란 소파였다. 남자는 그 앞에 스툴과 이젤을 놓았다. 그녀는 소파에 등을 기대더니 턱을 약간 올리고 고개를 젖힌 상태로 깜빡 잠이 들었다. 눈을 떴을 때 남자가 그녀의 옆에 다리를 꼬고 앉아 담배를 피우고 있었다.

"저게 저예요?"

여자가 눈을 끔뻑거렸다.

"그래."

두 사람이 동시에 그림을 바라보았다.

"전 옷을 벗지 않았는데요."

"알아."

그가 자신의 큰 손으로 이마를 감싸 쥐고 하품을 했다. 마치 입이 거기에 달려 있는 것처럼.

"배고프지 않니?"

남자가 커피와 샌드위치를 가지고 왔다. 여자는 빵을 열어 안을 살펴보더니 허겁지겁 삼켰다.

"피곤하면 눈 좀 붙여도 돼."

남자가 소파 등받이를 잡아당겨 펼쳤다. 그것은 금세 두 사람이 누워도 될 만한 커다란 침대가 되었다. 남자가 담요를 건넸다.

"난 이걸 마저 마무리 지을 거야."

여자는 몇 번 더 남자의 작업실을 찾아갔다. 작업실에 들어오면 남자가 시키지 않았는데도 소파에 앉아 포즈를 취했다.

그녀는 그의 뮤즈였다. 피카소, 모딜리아니, 피에르 보나르, 로트렉……. 한 시대를 풍미한 위대한 화가들에겐 언제나 그들만의 뮤즈가 있었다. 그녀들은 배운 건 없어도 훌륭한 모델이 되어주었다.

어딘가 모자라 보이긴 했지만 그녀를 처음 보았을 때부터 그는 그녀를 자신의 뮤즈로 삼으리라고 마음먹었다. 무어라고 설명할 수 없지만 그녀에게는 예술가만이 알아볼 수 있는 독특한 매력이 있었다. 그녀를 보면 남자는 뭔가를 그리고 싶은 욕망에 사로잡혔다. 남자는 두 시간이고 세 시간이고 쉬지 않고 여자를 그렸다. 작업이 끝나면 빵 사이에 계란을 으깨어 넣은 샌드위치를 만들어주었다.

남자는 가난했다. 밤에는 그림을 그리고 낮에는 미술학원에서 애들을 가르쳤다. 수업이 없는 날이면 아는 형이 일하는 카페에서 일했다.

"난 곧 유명해질 거야."

그는 자주 말했다.

"그럼 너도 나처럼 유명해지겠지."

마치 그녀가 그러길 바라기라도 한 것처럼 그는 덧붙였다.

그녀는 말없이 그림을 쳐다보았다. 그림 속 여자가 그녀와 조금도 닮지 않은 건 다행스런 일이었다.

그는 한 번도 그녀에게 이름이 뭔지, 몇 살인지, 어디에서 왔는지 물어보지 않았다. 궁금하지 않은 건 아니었다. 그저 물어보는 즉시 그녀를 그리고 싶은 마음이 사라질 것 같았기 때문이다.

하루는 작업실을 정리하다가 맨 처음 그녀를 그린 그림을 발견했다. 잠든 여자의 누드. 그녀의 말대로 그녀는 옷을 벗지 않았다. 누더기 옷을 입고 잠들어 있었다. 그런데도 남자는 늘 벗고 있는 그녀를 그렸다. 그는 다른 그림들도 보았다. 하나같이 혼신의 힘을 다해 그린 그림들이었다. 그는 문득 그녀가 매우 우아하고 기품 있어 보인다고 느꼈다.

그는 이제 더 이상 그녀를 그리지 않겠노라고 선언했다.

"왜요?"

"난 이제 줄 것이 없어."

남자가 담배를 한손에 끼우고 웃는 건지 우는 건지 알 수 없는 표정으로 말했다. 여자는 소파 위에 두 발을 모으고 앉아 잔뜩 몸을 움츠렸다.

"그럼 이젠 내가 당신에게 필요한 것을 줄게요."

여자가 말했다.

남자가 피식 웃으며 고개를 저었다.

"알아. 넌 내 영감의 원천이지. 너한텐 고맙게 생각하고 있어."

"그게 아니에요. 난 그 이상을 줄 수 있어요. 당신에게."

남자가 입을 다물었다.

그녀의 목소리가 너무 확신에 차 있어서 아주 잠깐 그녀가 정말 자신에게 필요한 것을 줄 거라고 믿어버릴 뻔했다. 그러나 곧 눈앞에 있는 여자가 자신보다 열 살 이상은 어리고, 더럽고, 냄새나는 옷을 입고 있으며, 모르는 남자 집에 겁도 없이 찾아오는 걸레 같은 계집애라는 데 생각이 미쳤다.

"불쌍하다고 잘해줬더니 이젠 너한테까지 무시를 당하는군."

남자가 중얼거렸다.

"다신 날 찾아오지 마."

*

남자는 작업실에 없었다. 지금 그는 학원에서 일하고 있을 것이다. 여자는 방안을 뒤져 자신을 그린 서른두 장의 그림을 전부 들고 나왔다.

여자는 그림들을 옆구리에 끼고 한참을 걸었다. 이윽고 눈앞에 공원이 나타났다. 여자는 물이 나오지 않는 분수대 앞에 그림들을 펼쳐놓고 쪼그리고 앉았다. 안경을 낀 날카롭게 생긴 여자가 가던 길을 멈추고 그림들을 살펴보았다.

"본인이 그린 건가요?"

거지 여자가 고개를 끄덕였다.

"흥미로운 작품이네요."

안경 낀 여자가 미소 지었다. 그림 중 한 점을 팔지 않겠느냐고 물었다. 여자가 가격을 말하자 뒤도 안 돌아보고 가버렸다.

또 다른 남자가 다가왔다.

"이 그림 속 여자가 전부 당신인가요?"

"네."

남자가 큰소리로 웃었다.

"자기 자신을 너무 미화해서 그렸군요."

그가 광장을 가로질러갔다.

이번에는 자신을 미대 교수라고 소개한 남자가 그림 앞에 쪼그리고 앉았다.

"형편없는 실력이군."

교수라는 남자가 미간을 찌푸렸다.

"작품보다 작가 쪽이 백 배 예술적인 경우가 있지. 아가씬 오팔처럼 빛이 나는군. 원한다면 내가 그림을 가르쳐주지."

"이건 제가 그린 게 아니에요. 제 애인이 그린 거예요."

여자가 말했다.

"제 애인이 너무 바빠서 제가 대신 그림을 팔러 나온 거예요. 그는 너무 가난하거든요."

교수가 콧방귀를 뀌었다.

"나도 내 애인들을 자주 그렸지. 하지만 애인의 그림을 팔지는 않았어."

여자가 한 점만 사달라고 하자 미대 교수는 고개를 절레절레 젓더니 사라졌다.

그 뒤로도 여러 명의 사람들이 왔다가 사라졌다. 관심만 보일 뿐 누구도 그림을 사지 않았다.

어둠이 내려앉자 그나마 공원을 오가던 사람들도 사라졌다. 여자는 허리를 굽히고 바닥에 깔린 그림들을 한 장 한 장 주웠다. 전부 분수대 안에 집어던졌다.

*

여자는 홀로 길을 걸었다. 밤이 되자 여자를 바라보던 시선
도 줄었다. 어둠이 모든 경계를 흐트러뜨렸다. 그녀는 여전히
혼자였다.

*

여기 올 때까지만 해도 고양이는 여유가 넘쳤다. 벌써 십
년 넘게 떠돌이 생활을 하면서 배를 채울 수 있는 장소를 완
벽하게 섭렵해두었던 것이다.

최근 발견한 곳은 어느 한정식집 뒤편에 있는 쓰레기통이었
다. 거기 가면 신선한 채소와 과일부터 짭쪼름하게 간이 밴 반
찬과 튀김까지 다양한 만찬을 즐길 수 있었다. 굶주린 고양이
는 뷔페를 즐길 생각으로 온갖 위험을 무릅쓰고 달려왔다. 그
런데 웬 여자가 뷔페 옆에 앉아 갈 생각을 안 하고 있는 것이
다.

고양이는 당황했다. 이런 일은 한 번도 없었다. 그곳은 외지
기도 했고 악취가 지독해서 좀처럼 사람들이 얼씬도 하지 않
는 곳이었다.

고양이는 전봇대 뒤에 숨어 여자를 지켜보았다. 언제부터
저기 있었던 걸까? 눈을 치켜뜨고 자기도 모르게 야옹하고 울
었다. 그는 사람이 싫었다. 자기들이 이 거리의 주인인 양 번
번이 자신을 내쫓았기 때문이다. 하지만 그런 식으로 계속해서

175

내쫓기다 보면 대체 자기는 어디로 가야 하는지 혼란스러웠다.

고양이는 배를 깔고 바닥에 엎드렸다. 여자가 떠날 때까지 기다려볼 생각이었다. 이제 와서 다른 데로 갈 기운은 없었다. 며칠 전 담벼락을 넘다가 긁힌 뒷다리도 욱신거렸다.

여자에겐 어딘가 보통 사람들과 다른 점이 있었다. 혼자였고, 웃지 않았으며, 맨 바닥에 앉아 있었다. 더럽고 기분 나쁜 냄새가 났다. 오른쪽 뒷다리가 자기처럼 빨갛게 부어올라 있었다.

고양이는 결론을 내렸다. 그녀는 사람이 아니다. 사람의 얼굴을 하고 있지만 나와 다를 바 없는 떠돌이에 불과하다!

그러고 보니 여자 얼굴이 고양이를 닮은 것 같기도 하다. 여자는 몹시 굶주려보였다. 또 자기보다 몸집이 커서 많이 먹을 것만 같았다.

'더는 기다려선 안 돼! 기다렸다간 저 여자가 다 먹어치울지도 몰라!'

고양이는 결심한 듯 꼬리를 바짝 곤추세우고 쓰레기통을 향해 돌진했다. 여자가 외마디 비명을 지르며 일어났다. 고양이는 통 속에 고개를 처박고 게걸스럽게 음식물을 집어삼켰다.

*

여자는 하루 종일 아무것도 먹지 못했다. 당장이라도 쓰러질 것 같았다. 그래도 돌아가야만 했다. 집으로.

거지 여자의 집은 높은 언덕 꼭대기에 있었다. 그녀는 헐떡

거리며 올라갔다. 동네는 사람 그림자 하나 보이지 않았다. 괴괴한 적막이 밤공기를 감싸고 있었다. 군데군데 선 가로등마저 어딘가 처량한 느낌을 주었다.

그녀는 한참을 걸었다. 그녀의 눈앞에 으리으리한 저택이 나타났다. 초인종을 누르자 대문이 열리고 백 개가 넘는 계단이 깔렸다. 문앞에 눈썹이 흰 나이 든 여자가 두 손을 모으고 서 있었다.

"오셨어요, 아가씨."

나이든 하녀가 공손하게 허리를 숙였다.

하녀는 여자가 올 시간에 맞춰 따뜻하게 목욕물을 데워두었다. 그녀가 좋아하는 와인과 요새 각광받는 신인화가들의 작품집도 준비해두었다.

여자는 더럽고 냄새나는 옷을 벗어던진 뒤 욕실로 들어갔다. 하녀가 쪼르르 달려가 바닥에 떨어진 옷을 주웠다. 옷에서는 악취가 진동했다. 여자는 절대로 옷을 빨지 못하도록 했다. 그런 옷이 몇 벌 더 있었다.

재킷 주머니를 뒤지자 천 원짜리 지폐가 몇 장 나왔다. 하녀는 여자가 더러운 옷을 입고 거리를 돌아다니는 광경을 상상했다. 돈 많고 아름다운 그녀가 손을 펼치고 구걸하는 장면은 끔찍했다.

"미친년."

여자는 욕조 안에 몸을 담그고 통유리 너머 자신의 활주로 같은 정원을 바라보았다. 그녀의 아버지가 네팔의 어느 고원에서 공수해왔다는 나무는 언제나 그녀의 마음을 편안하게 해주었다.

여자는 자신의 부은 발목을 손으로 문질렀다. 며칠 전 파티에 갔다가 발목을 접질렸다. 의사는 움직이지 말라고 당부했지만 평소보다 더 완벽했다는 생각에 그녀는 기분이 좋았다.

'이런 게 균형이라는 거지.'

많게는 한 달에 세 번, 적게는 한 번 여자는 이런 사치를 부렸다. 어떤 값비싼 옷도, 가방도, 차도, 향수도 이만큼 즐겁진 않았다.

그녀는 천천히 와인을 한 모금 마셨다. 처음으로 미소 지었다.

인도인

지하철은 소란스러웠다. 여의도에서 불꽃놀이 축제가 있었다. 지하철은 초저녁부터 사람들로 붐볐다. 칸칸마다 빈 공간 없이 빼곡했다.

그곳에 세 명의 인도인이 앉아 있었다. 이십대 초반으로 보이는 여자 두 명, 그리고 남자 한 명으로 남자는 여자들 사이에 끼어 있었다.

남자는 키가 크고 깡말랐으며 더운 여름인데도 발목까지 올라오는 부츠를 신었다. 왼쪽 여자는 조금 살집이 있고 헝겊을 이어붙인 듯한 긴 치마를 입었다. 오른쪽에 앉은 여자는 말랐지만 딱 붙은 흰 티셔츠 때문에 가슴이 커 보였다. 코에는 보랏빛이 도는 피어싱을 하고 있었다. 그들은 조금 지루한 듯 보였고 아무 말도 하지 않았다. 그러나 한눈에도 그들이 부잣집 젊은이들이란 건 알 수 있었다. 구태여 무릎에 올려놓은 명품 백을 보지 않아도 알 수 있었다. 그들의 큰 눈과 오똑한 코는 마치 그러한 지루함마저도 흉내 내기 힘든 사치스런 느낌을 주었다. 그때였다. 옆칸에서 웬 지저분한 노인이 넘어왔다.

사람들의 시선이 자연히 그쪽으로 쏠렸다. 지하철에는 때때로 광인들이 돌아다녔다. 그들은 이상한 노래를 부르거나 아무나 보고 닥치는 대로 욕설을 퍼부었다. 사람들은 한눈에 노인이 그중 한 명인 것을 알았다.

노인은 마치 춤이라도 추듯 흔들거리며 이쪽으로 걸어왔다. 사람들이 눈살을 찌푸리며 슬슬 피했다. 그때였다. 광인이 걸음을 뚝 멈추었다.

"쌍놈!"

광인이 욕지거릴 한 곳에 또 다른 인도인이 서 있었다. 그는 미처 눈에 띄지 않은 인도인으로 그것은 그가 조금 전 막 지하철에 올라탔기 때문이다. 그는 깃이 꼬깃꼬깃 말려들어간 검은 셔츠를 입고 빳빳한 천으로 만든 녹색 가방을 들고 있었다. 검은 피부에 이십 대인지 삼십 대인지 가늠할 수 없는 얼굴은 살짝 벌린 입속에 치열만이 눈부시게 고왔다.

"쌍놈! 꿀꿀 돼지만도 못한 놈!"

그는 당황해서 어쩔 줄 몰라하는 얼굴이었다. 그는 자기도 모르게 가방을 꽉 움켜쥐었다. 그의 눈은 두려움으로 가득차 있었다. 그것은 광인의 욕설과 관계없이 한국어를 전혀 못하기 때문이었다. 광인이 계속해서 욕을 퍼부었다. 사람들은 그를 딱하게 여겼지만 누구 하나 선뜻 나서지 못하고 있었다.

정작 광인은 영 반응 없는 그를 놀려먹는 게 재미가 없었던지 입을 다물고 주위를 둘러보았다. 그러다 자리에 앉아 있는 세 명의 인도인을 발견했다. 세 명의 인도인 또한 광인을 지켜보고 있었다. 사실 사람들은 겁에 질려 파들파들 떠는 인도인보다 이 세 명의 인도인을 더 유심히 관찰하고 있었다. 그들의 표정에 어떤 변화가 일어나는 건 아닌지, 동족을 위해 정의롭게 나서줄 것인지 어떤지에 대해.

광인은 똑같이 개돼지만도 못한 놈이라고 그들에게 욕설을 했다. 한참을 그랬을까. 별안간 턱을 괴고 있던 남자가 벌떡 일어났다. 대롱대롱 천장에 매달린 손잡이가 그의 머리에 닿아 출렁거렸다.

젊은 인도인이 주섬주섬 바지 뒷주머니에서 지갑을 꺼냈다. 그러더니 만 원짜리 몇 장을 꺼내 광인의 입속에 쑤셔 넣었다.

"돼지는 너야!"

그가 말했다.

광인은 그가 돈을 쑤셔 넣는 힘에 균형을 잃었다. 커흑컥컥 소리를 내더니 발랑 자빠져버렸다. 코에 피어싱을 한 여자가 큰소리로 웃음을 터뜨렸다. 그러나 앵클부츠를 신은 인도인은 영 화가 가라앉지 않는지 눈을 부릅뜨고 광인을 내려다보았다. 자칫하면 단단한 부츠 뒷굽으로 광인을 걷어찰 기세였다. 그러나 그러지는 않았다. 대신 고개를 돌려 객차 한 구석에 몸을 찌그러뜨리고 있는 인도인을 쳐다보았을 뿐이다.

그가 인도인을 향해 뭐라고 외치기 시작했다. 사람들은 그가 인도인을 향해 무어라고 말하는지 알아들을 수 없었다. 그러나 그것이 결코 좋은 말이 아니라는 건 알 수 있었다. 검은 옷을 입은 인도인은 가엾게도 새파랗게 질려 덜덜 떨고 있었다. 그가 무어라고 항변하려 했지만 입에선 좀처럼 말이 빠져나오지 않는 듯했다. 코에 피어싱을 한 여자가 일어나 남자를 말렸다. 남자가 여자의 팔을 가볍게 뿌리쳤다.

광인은 어느새 만원 뭉치를 들고 사라졌다. 사람들은 마치 연극이라도 보듯 인도인과 또 다른 인도인을 쳐다보았다. 여전히 누구 한 사람 나서거나 말리지 않았다. 그들에게 어쨌거나 지금 상황은 그들만의 문제라고 생각되었다.

앵클부츠를 신은 인도인이 아직도 놀란 얼굴로 떨고 있는 인도인에게 소리치고 있었다.

"너 같은 거렁뱅이 놈들 때문에 나까지 욕먹고 있어. 난 돈이 많아. 아주 많아. 그런데도 어딜 가나 거렁뱅이 취급을 받고 있어."

다음 순간 지하철이 멈추었다. 문이 열리고 사람들이 밀어닥쳤다. 가엾은 인도인은 쏜살같이 지하철을 빠져나갔다. 새로이 지하철을 메운 사람들은 방금 전 무슨 일이 일어났는지 몰랐다. 그래서 그들은 시끄럽게 떠들었고 묵지근한 공기에 괜스레 짜증을 내기도 했다. 그것은 어쨌거나 지하철의 무거운 분위기를 밝게 해주었다.

사람들도 조금 전 일을 깡그리 잊어버린 듯 했다. 그러나 단 한 사람만은 달랐다. 그는 인도어를 전공중인 대학교 3학년 학생으로 여태 한 번도 생각해보지 못한 문제에 골몰하고 있었다.

그는 국가와 개인의 관계에 대해 생각하고 있었다.

'가난한 국가의 부유한 개인은 국가를 증오한다. 부유한 국가의 부유한 개인은 국가를 자랑한다. 그 국가는 남이 보는 국가다.'

고통 없이 죽는 법

D는 세계에서 없어지고 싶다고 했다. 단 고통 없이 죽을 수 있다면 말이다.

"비겁하다는 건 알아. 대가 없는 죽음은 없지."

D가 아주 양심 없어보이진 않았기 때문에 고통 없이 죽는 법을 알려주기로 했다.

나는 그의 사진을 한 장 달라고 했다. 그가 없다고 해서 휴대폰 카메라로 사진을 한 장 찍었다. 작은 직사각형 안에서 D가 이 빠진 생쥐처럼 웃고 있었다.

"없어지려면 밝기를 끝까지 올리면 돼."

우리는 캠퍼스 화단에 앉아 있었다. 그는 몇 달간 밤을 지새우다시피 해서 쓴 논문이 대회 최종심에서 탈락한 것 때문에 죽음을 입에 올리고 있었다. 나는 그가 21세기에 결핵으로 죽은 여중생에 관해 아는지 물어보고 싶었다. 하지만 D의 아버지가 알코올중독자이고, 그의 어머니가 술집 여자일지도 모른다는 생각에 입을 다물었다.

나는 사진 편집 기능을 열어 '밝기'를 찾아냈다. 플러스 바를 올리면 점점 주위가 밝아지면서 주변을 삼키고 나중엔 인물까지 삼켜버린다.

처음엔 두 볼이, 어깨가, 이마와 눈이 사라지다가 나중엔 코와 머리털까지 없어져버린다.

"굉장한데?"

D가 웃었다.

"미안, 난 도서관에 가봐야 해."

D가 시계를 보더니 자리에서 일어났다.

나는 학생식당에 갔다. 많은 아이들이 은빛 식판에 담긴 흰 밥을, 빨간 반찬을 보란 듯이 입에 처넣고 있었다. 학생식당답게 티브이는 YTN에 맞추어져 있었다. 식당에 혼자 온 것들은 (나 같은 것들) 모조리 뉴스를 보며 밥을 먹는다. 토막 살인을 하고, 강간을 하고, 불에 타죽고, 폭력시위를 하고, 몰래 마약용 양귀비를 재배해 붙잡혀 들어간 것들을 보면서.

삼십 분 후 수업이 있지만 들어가지 않을 것이다. 이틀 전 교수에게 욕설이 담긴 메일을 보냈다. 그가 매사에 확신에 차서 말하는 게 마음에 들지 않았기 때문이다. 나는 교육자의 자만이 역겹다. 지금쯤 그는 출석부를 보며 오늘 내 얼굴을 보기를 학수고대하고 있을 것이다.

나는 국과 밥을 절반 이상 버렸다.

밖에 나가니 세상이 '아직' 환해서 역겨워졌다. 빛이 우리에게 무언가 보여주기 위해 존재한다고 착각해선 안 된다. 빛은 모든 걸 감추기 위해 존재한다. 높고 푸른 하늘, 흰 구름, 새들, 하늘거리는 꽃들, 들풀, 나무, 고독, 굳기 직전의 공기.

 나는 자퇴신청서를 냈다. 굳이 말하자면 고통 없이 죽고 싶었다.

지적인 이야기

나의 작가 친구는 최근에 쓰고 있는 장편 소설 주인공이 지적이지 않아서 불만이라고 했다. 그의 '지적'이란 말이 무척 모호했다.

"좀 더 말해줘."

나의 작가 친구는 지적이란, 다른 말로 고민이 많은 거라고 대답했다. 그것은 나를 고민에 빠뜨렸다. 나의 작가 친구가 너무 힘들어 했으므로 당장 기억나는 지적인 사건들을 몇 개 알려주기로 했다. 아마도 그러길 원해서 나를 만나자고 한 걸 테니까.

Y 사거리에서는 왼쪽 차선 진입이 불가능하다. 그래서 차들은 한 블록 더 가서 오른쪽으로 한 바퀴 돌고 다시 사거리로 돌아온 다음 오른쪽으로 진입했다. 나 또한 그쪽에 볼일이 있

었다. 버스를 탔다.

버스가 블록을 돌아 막 차선에 진입하려는데 어두침침한 나무와 가로등 아래 뭔가가 움직이고 있었다. 비둘기들이었다. 머리를 맞대고 뭔가를 쪼아 먹고 있었다. 나는 차창에 머리를 대고 그들을 다시 한 번 보았다. 확실했다. 비둘기들은 차선 바깥이 아닌 안쪽에 있었다.

차바퀴가 조금이라도 안쪽으로 꺾어진다면 그들은 떼죽음을 당할 것이다. 그러나 비둘기들은 알고 있었다. 지난 몇 년간 이 공간을 침범하는 차들이 단 한 대도 없었다는 것을. 왼쪽 길로 꺾어지는 부분이 완벽한 직각이라 차들이 회전을 해도 언제나 어느 정도의 공간이 생겼던 것이다. 한마디로 지적인 비둘기들이었다.

그곳은 하필이면 고가도로 아래이기도 했다. 러시아워가 되면 차들이 일 분에 일 미터씩 움직였다. 성미 급한 사람들은 매일 아침저녁으로 그 아래 과자봉지나 음료수를 버렸다. 새들은 매일 아침저녁으로 만찬을 즐겼다.

"진짜 지적인 이야기네."

친구가 웃었다. 하지만 어딘가 석연찮은 표정이다.

"다른 건 없어?"

나는 고민에 빠졌다. 친구가 어떤 이야기를 원하는 건지 알 수 없었다. 하지만 지적인 새보다는 지적인 사람의 이야기를 듣고 싶어 하는 게 확실해 보였으므로 머리를 쥐어짜서 또 하나의 지적인 이야기를 찾아냈다.

주말마다 자주 가는 거리가 있다. 골동품을 파는 거리인데 사실 골동품이 아니라 쓰레기들이다. 그 거리를 지나면 다리가 하나 있다. 다리 위에는 거지가 한 명 있다.

거지는 이 근방에 차고 넘치게 많지만 그 거지는 어딘가 달랐다. 굳이 말하자면 품격이 있었다. 자기 얼굴을 결코 남에게 보이지 않았던 것이다. 냄새 나는 이불로 온몸을 똘똘 감싸고 있었다. 한마디로 지적인 거지였다. 왜냐하면 사람들이 그를 마음 편하게 관찰할 수 있게 해주었을 뿐만 아니라 충분히 동정할 시간까지 주었기 때문이다.

그의 빈 깡통에는 동전이 많았다. 나도 거기에 백 원짜리 동전을 집어넣었다. 이불 봉우리가 움직였다. 고맙다고 말하는 게 틀림없었다.

하루는 그가 오줌 누는 것을 보았다. 그가 안 보여서 주위를 살펴보니 강 아래 거대한 이불 봉우리가 있었다. 그는 자신의 봉우리를 살짝 뒤로 젖힌 다음 소변을 보았다. 소심한 물줄기 하나가 강을 향해 콸콸콸콸 뻗어나갔다.

그가 한 치의 망설임 없이 성큼성큼 제 자리를 찾아와서 나는 이불 어딘가 구멍이 있는 게 아닌가 의심했다. 그러나 구멍은 없었다. 그는 길에 표시를 해두었다고 했다. 발밑을 보며 걷는 이상 길을 잃을 이유가 없다고 했다.

나는 덥지 않느냐고도 물었다. 그는 그것이 솜이불이라고 했다. 그래서 언제나 더우며, 여름엔 그보다 조금 더 더울 뿐이고, 결과적으로 계절감을 잊게 해준다고 말했다. 기분 탓인지 몰라도 그 말은 매우 자랑스럽게 들렸다.

나는 좀 더 그와 대화했다. 아마도 그는 사람과 얘기를 한지 오래된 것 같았다. 신이 나서 떠들었다. 그는 묻지도 않았는데 자기가 매우 잘생겼다고도 했다.

"한때는."

나는 늙고 머리가 벗겨진 못생긴 남자를 떠올렸다. 아까 물줄기만 봐도 그가 이미 한 물 갔다는 걸 알 수 있었다. 내 생각에 그는 차라리 죽는 편이 나을 것이다.

내가 동전을 넣자 그가 고작 그것뿐이냐고 물었다. 그는 깡통에서 나는 소리를 매우 싫어한다고 했다. 지갑에서 천 원짜리를 꺼내 깡통 안에 넣었다. 이불 봉우리가 움직였다. 지적일 뿐만 아니라 귀까지 밝은 거지였다.

"그로테스크해. 실제로 겪은 일이란 말이지?"

나의 작가 친구는 놀라서 빨대에 맺힌 주스 방울이 바지에 뚝뚝 떨어지는 것도 모르고 있었다.

나는 휴지를 건넸다. 친구가 더 이야기해주길 원했지만 시간이 이미 열한 시를 가리키고 있었다.

"미안. 내일도 출근해야 돼."

나는 내 이야기가 친구에게 도움이 되었는지 물었다. 완벽했다고 친구가 말했다.

나의 작가 친구가 고마움의 표시로 커피값을 내려고 했지만
됐다고 했다.

"나중에 책 나오면 사."

나는 친구를 속였다. 그것들은 사실이 아니다. 전부 내 머릿
속에서 꾸며낸 것이다. 그 돼지 같은 비둘기와 자존심 센 거지
가 지적일 리 없다.

나는 차창에 비친 얼굴을 바라보았다. 와이셔츠를 입고 듀
퐁 넥타이를 맨 얼굴은 지적이었다. 퍽이나 지적이었다. 하지
만 이 사실을 나의 작가 친구에게 말하지 않을 것이다. 앞으로
도 영원히 하지 않을 것이다.

상심할 만한 일

그 학식 있고 덕 있기로 소문난 노작가는 한참을 뜸들인 뒤 깊이가 없다고 딱 잘라 말했다.

"그럴 리 없습니다."

청년이 울상이 되었다.

"깊이가 없다뇨."

노작가는 피곤하다는 듯 눈을 감았다 떴다. 지각 있는 젊은 이라면 이쯤 되면 무슨 말인지 알고도 남으리라는 눈치였다.

청년은 자리에서 일어났다. 그의 얼굴은 실망과 분노로 일 그러진 채 재빨리 노작가의 집을 뛰쳐나왔다. 그는 무서운 속 도로 걸었다. 이 예민하고 자존심 강한 젊은이는 노작가가 혹 시라도 자신의 뒷모습을 볼 기회를 주고 싶지 않았다. 노작가 는 지금쯤 자기 때문에 한 젊은 문학도의 희망이 꺾였다고 생 각하면서-심지어는 꺾여야 한다고 생각하면서-거의 의무적으 로 가책을 느낄 기회를 찾고 있을지도 모른다. 그래야만 두 번 다시 이 일에 구애받지 않고 글 쓰는 데 집중할 수 있을 테니 까.

청년은 집으로 돌아오는 내내 자신의 소설 내용을 떠올렸다. 그는 문장을 거의 외우다시피 하고 있었다. 60매짜리 소설을 쓰기 위해 120매 분량의 원고를 백번 가량 탈고하기도 했고 노작가에게 읽어 봐주십사고 부탁한 이래 근 한 달간 긴장과 조바심으로 그 원고를 거듭 읽어보았던 것이다. 그러나 돌아온 것은 깊이가 없다는 꽤 간명한 대답이었다. 청년은 실망했다.

사실 그가 화가 난 것은 노작가의 평 때문이 아니라 깊이가 없다는 말 한마디로 그를 되돌려 보낸 무심함 때문이었다. 그는 노작가가 자신의 글을 읽지 않았으리라고 생각했다. 설령 자신의 작품을 읽었다고 하더라도 첫 장의 두세 줄만 읽었을 뿐이고 그것만으로 "진부하기 짝이 없군"이라던가 "시시해"라며 치워버렸을 게 뻔하다. 만일 전부 읽었더라면 "이 구절은 마음에 들어. 하지만 이 다음 구절은…." 하고 덧붙임으로써 자신의 인격에 대한 어떠한 대가도 치르지 않으려고 했을 것이다.

"다른 사람에게 부탁하면 되지 뭐."

청년은 애써 대수롭지 않은 체했다. 그러나 그것도 잠시, 그의 머릿속은 어느 순간 불길한 생각의 더미 속을 열렬히 파고드는 것이었다.

어쨌거나 이러한 추측이 틀렸을 가능성에서 자유로울 수 없다는 것, 실제로 노작가가 자신의 60매짜리 단편을 읽고 너무 재미가 없는 나머지 깊이가 없다는 추상적인 말로 모든 걸 대신해버렸을지도 모른다는 추측이 그를 우울하게 했다. 노작가가 덕 있다는 소문이 그의 명성 앞에 객관성을 상실한 추종자들이 만들어낸 소문 따위가 아니라면 이 경우의 덕은 눈앞의 청년에 대한 독설과 날카로운 비평에 상처주지 않기 위한 침묵이 아닐까? 자신의 진짜 하고 싶은 말을 깊이가 없다는 말로 감추어버림으로써 그 대답을 오로지 상대의 냉철한 자기비판능력에 맡기고 최악의 경우 글을 쓰려는 마음을 접어버리도록 하려는 의도에서 그랬던 것은 아닐까?

청년은 밤새 잠을 이루지 못했다. 이튿날 그는 날이 밝자마자 노작가를 찾아갔다. 그리고 자신의 소설을 읽었는지 물었다.

"읽었지. 말했잖은가?"

노작가는 청년의 노골적인 물음에 불쾌한 낯빛을 해보였다.

"깊이가 없다고 하셨지요? 그것은 다른 말로 제게 재능이 없다는 말로 들립니다."

"그럴 수도 있겠지."

노작가가 무뚝뚝하게 말했다.

"그만두는 게 낫단 말씀처럼 들리는군요."

"그렇게 생각하나?"

"모르겠습니다."

늙은 소설가는 아무 말도 하지 않았다. 그저 자신의 눈앞에 앉아 있는 눈이 크고 감정의 기복이 심해 금세 달아올랐다 식어버리는 다혈질 청년을 감상하고 있을 따름이었다.

노작가는 청년의 소설을 읽지 않았다. 일부러 읽지 않은 것은 아니고 그럴 시간이 없었기 때문이다. 청년 말고도 자신에게 한 번만 읽어봐주십사고 찾아오는 사람들이 너무 많았다. 그는 극도의 피로함을 느끼고 있었다. 읽어봤다는 말은 앞으로도 읽어볼 리 없으리라는 판단에서 한 말이었다.

노작가는 자신을 노골적으로 의심하는 청년의 태도가 불쾌하긴 했지만 그의 말이 사실도 사실인지라 화를 내지도 못하고 있었다.

"조금만 더 정확히 말해주십시오."

"무얼 말인가?"

"깊이가 없다는 게 무얼 의미합니까? 사유의 방식입니까, 기술입니까?"

"글쎄."

"저는 선생님께서 말한 깊이의 의미가 와 닿지 않습니다."

"흐음."

"그러지 말고 말씀해주십시오. 조금만 더 구체적으로……."

젊은이는 거의 애원하다시피 하고 있었다. 그러나 노작가는 아무 말도 하지 않았다. 청년은 또다시 분해하며 자리에서 일어났다.

이날 노작가를 찾아간 것은 젊은이 인생 최대의 실수였는지도 모른다. 청년은 자기가 듣고픈 대답을 듣지 못한 풀죽은 어린아이 같았다. 그 순간 자신에게 달려든 크나큰 상심에 온 몸을 맡겨 버리는 것이었다. 그는 집으로 가던 도중 다리 아래 몸을 던져 죽었다.

청년이 돌아가고 난 뒤 노작가는 마음이 산란해지고 전에 없는 극심한 어지러움을 느꼈다. 이 노작가는 인간의 심리를 섬세한 필치로 구사한다는 문단의 좋은 평을 얻고 있었다.

그는 바스러질 듯 마른 몸을 간신히 일으켜 책상 서랍을 뒤지기 시작했다. 그곳에는 청년의 소설 말고도 수많은 무명작가들의 소설이 산더미처럼 쌓여 있었다. 십여분 간 뒤진 끝에 간신히 청년의 소설을 찾아냈다.

노작가는 그 60매짜리 소설을 단숨에 읽어버렸다. 전부 읽기까지 30분도 채 걸리지 않았다. 그만큼 이 젊은 문학도의 필치는 시원시원하고 막힘이 없었다. 40년간 마리오네트를 움직여온 장인처럼 자신의 신경 하나하나를 능숙하게 움직이는 기분이었다. 작가의 의도대로 완벽히 이용당한 독자는 작가에게 희롱 당했다는 기분을 지우지 못하면서도 자신을 사로잡은 이 작가에 거의 숭배와 같은 열띤 찬사를 금치 못할 것이었다.

노작가는 흠흠, 하고 헛기침을 했다. 그리고 허리를 꼿꼿이 세우고 다시 한 번 찬찬히 소설을 읽어보았다. 종전의 태도와는 달리 어떻게든 허물을 잡아내기 위한 예리한 비평가의 눈. 그러나 허물을 잡아내긴커녕 이번에야말로 청년의 작품에 완전히 매료되고 말았다. 그러자 거짓말처럼 조금 전 자신에게 찾아와 깊이를 운운하던 천재작가의 얼굴이 떠올랐다.

젊은이는 이십 대 초반으로 이마가 넓고 눈이며 코, 입, 귀 등이 온통 큼직큼직하고 시원스런 이목구비를 가지고 있었다. 키는 크지 않지만 넓은 어깨와 건장한 체구, 무릎을 짚고 있던 팔뚝에 도드라진 힘줄은 그의 젊은 육체를 돋보이게 했다. 그러나 커다란 눈과 달리 안에 든 눈알은 터무니없이 작아서 마치 자기가 가진 이 모든 우월한 요소들을 단숨에 부정해버리고 싶어 하는 슬픈 짐승 같은 느낌을 주었다.

노작가는 어째서 그의 소설을 진즉 읽어보지 않았는지 후회했다. 사실 젊은이에게 깊이가 없다고 말한 것은 사실이 아니다. 그것은 최근 그가 자신의 작품에 대해 느끼는 감정이었다. 노작가는 지난 몇 달간 진지하게 절필을 고민하기도 했다. 그는 젊고 예민한 청년의 작품 앞에서 한껏 움츠러드는 느낌이었다.

그는 원고를 덮었다. 지금이라도 젊은이에게 연락을 취하려면 얼마든지 할 수 있었다. 그러나 그러지 않았다. 어린 신인의 재능에 질투를 느낄 만큼 옹졸한 사람은 아니다. 오히려 그는 실로 오랜만에 훌륭한 작품을 접한 만족감에 흠뻑 젖어 있었다. 그는 굳이 자기가 나서지 않아도 청년의 재능을 알아보는 사람이 있으리라고 생각했다. 그리고 이런 작품이라면 얼마든지 문단에 나와 좋은 평가를 받고 주목받을 수 있으리라 생각했다.

몇 년 간 노작가는 문단 소식에 귀를 기울였다. 그러나 청년의 데뷔 소식은 들려오지 않았다. 시간이 지나자 노작가도 청년과의 일을 잊어버리고 말았다. 그즈음 그에게는 작품 말고도 걱정거리가 많았다. 그의 나이 벌써 아흔이었다. 그는 마치 자신이 살아 있는지 확인하려는 사람처럼 온종일 책상 앞에 앉아 무언가를 끼적거렸지만 이튿날이 되면 전날의 집념에 대한 불쾌한 마음이 일어 갈가리 찢어버리곤 했다. 그것만으로 이미 자신의 생명이 꺼져감을 입증받기라도 한 듯 상심에 젖고 마는 것이었다.

그는 자주 우울해했다. 끼니를 거르기 일쑤였으며, 끊었던 담배를 뻑뻑 피워댔다. 종국엔 무력증에 사로잡혀 아무것도 쓰지 않았다. 마침내 그는 병을 얻어 시름시름 앓다 죽었다.

노작가가 죽고 나자 많은 사람들이 슬퍼했다. 덕 있고 박식하며 특히 저명인사들의 입에 자주 오르내렸던 그는 세속적인 인기까지 얻고 있었다. 언론에서 앞다투어 그의 죽음을 보도했으며 연일 추모행렬이 이어졌다. 생전에 냈던 책들은 하루 만에 품절되었다. 출판사 측에서는 서둘러 그의 가족들을 만나 재계약을 했다. 그의 자식들은 선친이 살아생전 쓴 작품이 몇 개 있으며 할 수 있다면 유고집도 출간하고 싶다는 뜻을 밝혔다.

한 달 뒤 유고집이 발간되었다. 노작가의 죽음이 사람들의 머릿속에서 잊혀지기 전 출판사가 서두른 결과였다. 책은 불티나게 팔렸다. 그 안에는 과연 노작가다운 재치와 해학이 묻어나는 글들이 담뿍 실려 있었다. 그중에서도 특히 사람들의 눈길을 잡아끄는 작품이 하나 있었다. 다섯 페이지밖에 안 되는 짧은 단편은 노작가를 기억하는 많은 사람들을 어리둥절하게 했다.

이것은 노작가가 썼다고는 상상할 수 없을 만큼 음산하고 괴기스런 작품이었다. 한 남자가 반나절에 걸쳐 자신이 만난 사람들을 차례차례 살해하는 내용으로 소름끼치는 묘사와 그 안에 담긴 과격한 필치는 그간의 노작가가 발표한 작품과는 정면으로 배치되는 것이었다. 그런데도 사람들은 소설의 탄탄한 구성이나 노련한 문체에 기대어 기법상의 차이는 있을지언

정 이것이 노작가의 소설이라는 걸 믿어 의심치 않았다. 특히 평론가들은 이 단편에 어지간히 큰 충격을 받은 듯했다. 그들은 머지않아 이 위대한 단편 하나에 비추어 노작가가 발표했던 작품들을 전면 재해석하기 시작했다. 그것도 모자라 노작가의 삶을 하나하나 반추했고 그 결과 그의 결코 짧지 않은 인생 여정 속에서 적합한 사건 몇 개를 추려내는 데 성공했다. (그것은 노작가의 괴이한 습관이라던가 두 번의 이혼 경력 등 생전에 높게 평가되었던 노작가의 인품을 왜소하고 추잡한 것으로 끌어내리는 사건들에 한정되었다.)

문제의 단편은 각종 국어교과서에 실렸을 뿐만 아니라 잡지나 신문 같이 작가소개란이 한정되어 있는 경우에도 빠짐없이 거론되는 명실공히 그의 대표작이 되었다. 누구도 이 작품이 노작가의 것이 아니라 실은 한 젊은 무명작가의 소설이라는 것을 알지 못했다.

노작가의 명성은 실로 살아 있을 때와는 비교할 수 없이 높아졌다. 한 저명한 대학교수는 언젠가 자신의 논문을 통해 이렇게 평가했다.

이 위대한 업적이, 만일 작가 자신의 사상에 대한 불신이나 세상에 대한 적의, 공포, 불안, 악화일로로 치닫던 건강, 죽음, 그 밖의 자신의 몸과 마음을 시시각각 위협해오던 수만 가지 요소들로 인하여 세상에 드러나지 않았더라면 문단으로서는 얼마나 큰 손실이며 자기 자신을 구제할 길 없는 영혼들에게는 상심할 만한 일이 되었겠는가?

네 명의 여자

남자는 네 명의 여자와 함께 살고 있었다. 그녀들은 하나같이 개성 있는 매력을 가지고 있었다. 그러나 기본적으로 의식이란 게 없었다. 남자가 떠나면 그녀들은 하루 종일 흩어져 자기만의 시간을 보냈다. 그러나 남자가 돌아오면 그의 팔다리를 붙잡고 절대로 떨어지지 않았다.

첫 번째 여자는 남자와 가장 오래 함께 지낸 사이였다. 세 명의 다른 여자들이 차례차례 들어와 살게 되었을 때도 남자가 돌아오면 여전히 가장 먼저 달려 나갔다. 흰 피부에 크고 검은 두 눈은 한 번도 권태로운 표정을 지은 적이 없다. 앞으로 돌출된 두 귀는 마치 목적이 있는 것처럼 예민했으며 남자가 만들어낸 모든 소리에 반응했다. 하지만 그 외에는 지나치다 싶을 만큼 무관심했다.

그녀는 매일아침이면 마치 모든 것을 처음 보는 사물처럼 대했다. 그녀의 두 눈은 두려움으로 가득 차 있었으며 그가 잠간이라도 대문을 열고 나갈라치면 발작을 일으켰다. 제 성질을 못 이겨 남자의 팔이나 손등을 깨물기도 했다.

두 번째 여자는 아이처럼 조그만 몸을 가졌다. 덜 발육한 가슴과 엉덩이는 불유쾌한 성욕을 불러 일으켰다. 같이 살면서도 정확한 나이는 몰랐다. 많지는 않겠지만 아주 어리지도 않았다. 그를 사랑했지만 그가 먼저 원하지 않으면 먼저 원하는 일이 없었다. 어떻게 해도 자신이 남자를 만족시킬 수 없는 걸 알았기 때문이다. 흔치는 않지만 가끔 그녀 쪽에서 적극적으로 나설 때도 있었다. 하지만 그 언젠가 남자가 마치 아무것도 느끼지 못하는 듯 그녀 아래 누워 감자칩을 집어먹는 순간 그녀는 화가 나서 감자칩을 마구 흐트러버렸다. 남자는 화를 내기는커녕 여자의 어깨를 끌어당겨 살짝 입 맞추고는 다시 감자칩을 와그작 와그작 씹어 먹기 시작했다.

세 번째 여자는 다른 여자들처럼 남자를 그렇게 사랑하지는 않았다. 그녀는 자신을 둘러싼 여자들의 존재만을 분명하게 느끼고 있을 뿐이었다. 그녀는 화려한 용모를 지녔으며 독보적으로 아름다웠다. 다른 여자들은 그녀를 시샘하진 않았지만 두려워했다. 그녀가 말을 거의 하지 않았기 때문이다. 그녀는 밥을 먹을 때조차 소리를 내지 않았으며 대부분의 시간 아무것도 걸치지 않은 채 침대에 누워 있었다. 그녀의 두 눈은 감겨 있는 듯 날카롭게 빛나고 있었으며 자세히 보면 입을 살짝 벌리고 숨을 쌕쌕 몰아쉬었다. 남자는 이따금 수트도 벗지 않고 문틈 사이로 그런 그녀를 황홀하게 바라보았다. 남자는 언젠가 그녀가 자신을 죽일지도 모른다고 생각했다.

마지막 여자는 세 번째 여자만큼이나 남자에게 무관심했지만 훨씬 생기 있으며 자유분방했다. 그녀는 수다스럽기도 했다. 온종일 집안에 있으며 특별한 사건이랄 것도 없으면서도 그녀에겐 언제나 말할 것들이 넘쳤다. 그녀의 명랑한 표정을 본다면 삶 자체가 축복일 수도 있었다.

하지만 남자가 자신을 만지는 일만큼은 내켜하지 않았다. 남자가 손을 뻗으면 기겁하며 멀리 달아나버렸다. 그런데도 그를 떠나려고 하지는 않았다. 그녀는 관심 끄는 걸 좋아했다. 하지만 상대의 관심이 구체화되는 과정에 대해서는 이해가 부족했다. 그녀는 또 가만히 있는 법이 없었다. 툭하면 오두방정을 떨어서 물건들을 부수곤 했다. 성격 좋은 남자는 한 번도 화를 내지 않았다. 그런 건 얼마든지 새로 사면 그만이었다.

퇴근 후 남자는 그녀들의 저녁식사를 차려주고는 언제나 마지막으로 밥을 먹었다. 그녀들은 식사 후에는 언제나 피로해했다. 그러면 순종적인 모습으로 변해 그를 만족시켰다. 그건 남자도 마찬가지였다. 그는 하루 종일 그의 까칠한 상사와 고객 비위를 맞춰주느라 고생했던 것이다.

그는 친구도 별로 없었다. 여자도 사귀어본 적 없다. 천성적으로 교류에 서투른 것이다. 그에겐 네 명의 여자만이 있었다. 그걸로 괜찮다. 자신 이외에는 어떤 세계도 가져본 적 없는 그녀들을 남자는 사랑스러운 눈으로 바라보았다. 그의 애완용 토끼와 다람쥐와 뱀과 카나리아를.

여행

여자는 남자의 진심을 알고 싶었다. 마치 영화에서나 나올 것 같은 흰 레이스 커튼이 바람을 따라 방안으로 도망치듯 달려 들어오는 방안에서 그녀는 커피를 마시고 낮잠을 청했다. 남자는 네 시까지 돌아오겠다고 했다. 그녀는 막 점심을 먹었다. 아침에 나가는 그를 배웅하고 나니 여덟시였다. 여자는 하품을 했다. 시간이 너무 길었다. 마치 시간이 그와 떨어진 거리처럼 아득하게 느껴졌다.

그녀는 침대 머리맡에 쿠션을 여러 개 포개어 쌓아놓았다. 그 위에 자신의 한쪽 팔을 얹어 몸을 살짝 기댔다. 어제 여자는 이곳에서 남자와 하룻밤을 보냈다. 쿠션은 침대가 아닌 남자의 낡고 클래식한 소파 위에 있었지만 아무려면 어떤가. 두 사람이 나눈 대화를 그것들은 알지 못한다. 간밤에 그들의 몸은 실뭉치처럼 밀착되었으며 쿠션 같은 건 필요 없었다. 여자는 미소를 짓는 동시에 쿠션들을 멀리 내동댕이쳤다.

오늘 그녀는 떠난다. 그녀는 일주일 전 이 낯선 도시로 여행을 왔다. 그녀의 모국에서 13시간이나 떨어진 곳에서 그녀는 자신이 무엇을 찾으러 왔는지 생각했다. 애초에 그녀는 여행만 하자고 생각했다. 그녀는 모험을 즐기고 자유를 동경했다. 여행은 그녀를 완벽하게 자유롭게 해주었다. 설령 그녀가 통장에 있는 돈을 몽땅 끌어다 썼다고 해도 여자는 해방되었다. 돈과 피로와 지옥 같은 자존심으로부터.

그녀는 이 나라가 마음에 들었다. 첫날 호텔로 가는 전철안에서 분홍색 셔츠를 입은 아랍계 청년이 지갑을 훔쳐 달아났다고 해도 말이다. 그녀는 차창 밖으로 펼쳐진 대자연을 만끽했다. 드문드문 흉측한 철골과 구덩이와 게으른 소떼가 불결한 성기를 드러내놓고 있었지만. 그녀는 좋은 것만 보았다. 그분야에 관해선 퍽 소질이 있었다. 넓고 푸르른 초원과 지평선과 푸른 하늘과 드높은 산과 덜 훼손된 공기까지 그녀는 보고 즐기고, 또 믿었다.

남자는 여자가 묵었던 민박집 주인이었다. 그의 미소는 그집 초인종과 어딘가 닮은 데가 있었다. 너무 많은 사람들이 누른 나머지 반들반들하지만 한 번도 고장 난 적 없는 즉각적인 응답처럼 사람을 안심시키는 미소였다.

남자는 여자를 반갑게 맞아주었다. 그는 체구가 작고 아름다운 동양인 여자가 혼자 이 낯선 도시에 온 것을 놀랍게 생각했다. 그는 여자를 위해 와인을 내주었다. 또 간단히 요기할 빵과 염소젖으로 만든 치즈를 내주었다.

"필요한 게 있으면 언제든 말해요."

그녀 말고도 게스트가 한 명 더 있었다. 스페인에서 온 남자로 사업차 방문했다고는 하지만 행색이 영 초라했다. 영어, 불어, 독어 그 어떤 말도 할 줄 몰랐다. 구레나룻이 턱까지 이어진 얼굴은 금방 빨개졌으며 불쾌하다는 듯 자주 집밖을 나가곤 했다. 민박집 주인은 그의 이름이 파올로이고, 벌써 한 달째 이곳에 머무는 중이라고 했다.

둘째 날 저녁, 주인 남자와 여자는 나란히 앉아 티브이를 보았다. 파올로는 집을 비우고 없었다. 티브이에서는 오래된 흑백영화가 나오고 있었다. 낮에 너무 많이 걸어서 그런지 여자는 가벼운 어지럼증을 느꼈다.

남자는 오늘 뭘 했는지 여자에게 물었다. 여자는 그녀가 본 광장과 고풍스런 다리와 점심 때 먹은 거의 날것에 가까운 달걀을 밀가루 반죽 가운데 올린 요리를 설명했다. 남자가 고개를 끄덕이며 자신의 머리를 한손으로 쓸어 넘겼다. 여자는 남자의 금발을 만지고 싶은 충동을 느꼈다. 그것은 조명을 받아 거의 백발에 가깝게 보였다.

"내일은 뭘할 계획이야?"

남자가 물었다.

"오늘이랑 비슷하겠지. 아마도."

열한 시가 되자 남자가 방안으로 들어갔다. 마저 끝내야 할 것이 있다고 했다. 그는 대학에서 국제법을 공부하고 있으며 언젠가 EU나 UN 같은 국제기구에서 일하고 싶다고 했다. 남자는 똑똑했다. 영어와 불어, 독어까지 할 줄 알았다. 여자는 남자에게 방해가 될지도 모른다고 생각하면서 티브이 볼륨을

줄였다.

파올로는 아직 돌아오지 않았다. 거의 매일 밤 그랬다. 늦게 들어오고 일찍 나갔다. 그가 밖에서 뭘 하는지는 모를 일이었다. 영어, 불어, 독어 그 어떤 말도 할 줄 모르는 그가.

"하이."

두 사람은 마주치면 기본적인 인사만 나눌 뿐이었다. 그때마다 그의 얼굴은 목까지 빨개졌다. 마치 병이라도 있는 것 같았다. 그녀는 왠지 그가 싫었다. 수줍음을 타는 것 같지만 그런 사람일수록 음흉한 법이다. 그의 몸엔 털도 많다.

애초에 니스나 모나코 같은 지중해 근방으로 떠날 계획이었지만-그렇다. 그녀는 계획이 있었다-다음날 여자는 나흘치 숙박비를 한꺼번에 남자에게 지불했다. 그리고 느긋하게 낮잠을 자고 산책을 갔으며 영화관에 갔고-영화를 보진 않았다-마켓에 가서 간단히 장을 보았다. 입맛은 없었지만 의욕은 있었다. 날이 몹시 더웠다.

여자는 남자와 함께 저녁을 먹었다. 남자는 그녀의 요리를 칭찬하면서도 얼마 먹지 못하고 남겼다.

"난 원래 많이 안 먹거든."

그가 자신의 삐쩍 마른 팔뚝을 가리켰다.

무능한 위장으로 채우지 못한 퍼즐을 그들은 다른 방식으로 맞추었다. 남자는 노련했고, 사려 깊었으며, 결코 평범하지 않았다. 과연 국제법을 공부하는 사람답다고 그녀는 다소 무례한 농담을 던졌다. 절반은 진심이었다. 그녀의 마음은 마치 대사관에라도 있는 것 같았다. 그녀는 편안함을 느꼈다.

이튿날 그녀는 귀국행 티켓을 이틀 뒤로 연장했다. 두 사람은 한 방에 머물렀다. 그녀는 더 이상 손님용 방에 머물지 않았다. 그녀는 밖에 나가지도 않았다. 안주인 같은 얼굴로 남자의 집에 앉아 온종일 남자만 생각할 뿐이었다.

그녀는 이별에 대해서도 생각했다. 그녀를 기쁘게 하다가도 기습적으로 행복을 빼앗는 미래에 대해 생각했다. 그것은 분명 어리석은 방식으로 마무리되어질 것이다. 그날 밤 여자는 남자가 돌아오자마자 목에 진한 키스를 퍼붓고 지금이 몇 시인지 물었다.

"열 시. 그건 왜?"

남자가 여자를 떼어내고-그러나 여전히 여자의 허리에 팔을 두른 채로-물었다.

"그냥. 알고 싶었어."

여자가 미소 지었다. 그녀는 알고 싶었다. 남자가 자신이 말한 귀가시간보다 세 시간이나 늦었으며 그것이 자신을 불안하게 만드는 걸 알고 있는지 묻고 싶었다.

남자가 샤워를 하는 동안 여자는 자신의 짐가방을 뒤지기 시작했다. 무얼 찾는지도 모른 채 찾고 또 찾았지만 그녀는 자신이 원하는 것을 찾을 수 없었다.

"뭐해?"

남자가 그녀의 뒤에 서 있었다. 젖은 머리칼이 그의 창백한 뺨에 보기 흉하게 달라붙어 있었다.

"모르겠어. 너한테 뭔가를 주고 싶었는데 그게 뭔지 모르겠어."

여자가 울상이 되었다. 그 순간 여자는 자신이 '여자'처럼 말한다고 느끼고 조금 부끄러웠다.

남자가 다가왔다. 그의 머리칼이 그녀의 감각을 거칠게 깨우고 있는 줄도 모른 채 여자를 바짝 끌어안았다.

마지막 날 그녀는 초조했다. 이제 그녀는 마치 그의 오랜 연인이자 동거인처럼 행동하고 있었다. 남자보다 먼저 일어나 샌드위치를 만들고 커피향으로 남자를 깨웠다. 남자는 어리석지만 당돌한 동양인 여자를 물끄러미 바라보았다. 동시에 자신의 입내에 몹시 신경 썼다.

"고마워."

남자가 말했다.

"일찍 올게."

여자는 주방에 가서 커피를 끓였다. 지나가면서 파올로의 방을 보았다. 방문은 굳게 닫혀 있었다. 지난 며칠간 그를 본 기억이 없는 것 같다. 방안에 있는 건지 없는 건지 알 수 없었다. 하지만 현관에 그의 거대한 구두가 있는 걸 보니 집안에 있는 게 분명했다.

그녀는 남자가 오면 무슨 말을 할지 생각했다. 여러 가지 말들이 있었지만 결국은 과거에 머무느냐, 현재에 충실하느냐, 미래로 나아가느냐의 미묘한 문제였다. 그녀는 갑자기 웃음을 터뜨렸다. 적지 않은 남자를 만나왔지만 이런 고민을 한 적은 단 한 번도 없었다. 인생도 이보다는 복잡하지 않을 것이다.

그녀는 남자의 푸른 눈과 입술과 유쾌한 금발을 떠올렸다. 특히 그 금발에 그녀는 끌렸다. 불과 하룻밤 사이에 마치 원숭이가 이를 잡듯 샅샅이 더듬을 수 있었던 두피 안쪽의 감각을 떠올렸다.

네 시가 넘어도 남자는 오지 않았다. 여자는 창가를 서성거리며 밖을 내다보았다. 남자는 자전거를 타고 통학했다. 바퀴와 안장 높이가 같은 경주용 자전거였다. 여자는 헷갈렸다. 남자가 나를 떠난 것일까, 내가 남자를 떠나는 것일까?

여자는 찻잔을 싱크대에 내려놓고 방에 들어갔다. 가방은 전날 미리 싸두었다. 그녀는 가방을 끌고 나왔다. 비행기를 타려면 더는 지체해서는 안 된다. 바퀴가 달린 짐가방이 좁은 복도 벽에 부딪쳐 시끄러운 소리를 냈다. 떠나기 전 여자는 파올로의 방앞에 멈추어 섰다. 두드려볼까.

그러나 지나쳤다.

오전보다 훨씬 두꺼워진 적막 속에서 여자는 얼굴이 시뻘개진 남자가 목을 매달고 자살한 장면을 떠올렸다.

5분 전 미리 불러둔 택시 기사가 문앞에서 기다리고 있었다. 그가 달려와 여자의 짐가방을 들어주었다.

차가 출발하고 나서도 여자는 차창 밖으로 눈을 떼지 못했다. 저 멀리 자전거가 지나갔다. 한 대가 아니라 여러 대였다. 어린애들이 집에 가길 서두르고 있었다.

"이 도시를 떠나는 게 아쉬우신가봐요."

택시 기사가 말했다.

여자가 대답했다. 그것은 거짓이 아니었다. 하지만 꼭 거짓이 아니라고도 할 수 없었다.

실비아

C는 자주 그 다방에 대해 이야기했다. 다방 이름은 〈실비아〉였다. 나와 취향이 비슷한 친구라서 나는 실비아에 가고 싶었다. 다방은 낮에는 커피를 팔고 밤에는 맥주를 같이 팔았다. 성냥갑만 한 2층 건물은 천장이 몹시 낮았다. 우리는 2층에 자리 잡았다. 잠시 후 한 여자가 올라와 주문을 받았다.

"저 여자가 실비아야."

C가 내 귀에 대고 속삭였다. C는 전부터 실비아가 없다면 〈실비아〉도 없는 거라고 했다. 물론 그 여자의 이름은 실비아가 아니었다. 그러나 C는 그녀가 실비아 플라스라고 했다.

나는 실비아를 바라보았다. 어딘가 낯이 익었다. 나는 그녀가 이십 년 전 나와 사귄 여자란 걸 알았다. 그때에 비해 피부는 쳐지고 통통하게 살이 찌긴 했지만 분명 한때 내가 사랑한 여자였다.

"뭘로 하시겠어요?"

실비아가 무릎을 꿇고 나를 올려다보았다.

"커피?"

실비아가 내려갔다.

C는 저 여자가 약을 하거나 정신이 이상한 여자일 거라고 했다. 확실히 눈빛이 야릇했다.

"그런데 이상하게 밉지 않거든. 정말 신기한 여자야."

나는 실비아가 커피를 들고 올라오길 기다렸다. 실비아는 커피 한 잔과 카스 한 병, 둥근 소라칩이 담긴 접시를 들고 올라왔다. 우리는 담배를 피웠다. 실비아는 커피를 내 앞에 내려놓고 나를 멍하니 쳐다보았다. 나를 알아본 줄 알았는데 그렇지 않았다. 담배 연기를 보는 거였다.

"한 대 드려요?"

"아뇨."

그녀의 게슴츠레한 눈빛, 그 위를 프로젝터 빔처럼 쏘아내리는 푸른색 무드등 때문에 내부는 어딘가 비현실적인 느낌을 주었다. 나는 젊은 날의 실비아를 떠올렸다. 그녀는 얼마나 아름답고 자유분방한 여자였던가?

나는 화장실에 가는 척하면서 카운터에 있던 여사장에게 물어보았다.

"저 분은 술에 취한 건가요? 아님 원래 저런 건가요?"

여사장은 짝짝이인 눈을 어디에 둬야 할지 모르겠다는 듯 불안하게 움직이며 말했다.

"글쎄요. 나도 몰라요. 처음부터 저랬으니까. 늘 한결같이 저런 걸 보면 원래 저런 거 아닐까요? 여기서 일하면서 한 번도 그릇을 깬 적이 없으니 취한 건 아닐 거예요."

나는 실비아가 옆테이블 손님 앞에서 뭐가 그리 웃긴지 킬킬대는 것을 보았다. 정말 웃겨서 그런 것 같진 않았다. 어쩔 수 없이 살아가듯 어쩔 수 없이 웃는 느낌이었다.

나는 〈실비아〉에 자주 갔다. 실비아는 이제 나를 보면 묻지도 않고 커피를 가져왔다.

"선생님은 옛날에 제가 사랑한 사람을 닮았어요."

실비아가 내 눈을 가만히 들여다보았다. 날 알아본 건 아니었다. 일종의 버릇이었다. 그녀에게 사람의 얼굴은 묘한 추억을 불러일으키는 것이었다.

실비아가 자기 얘기를 하기 시작하면 사람들은 그녀를 바보스럽게 쳐다보았다. 조금도 구체적이지 않고 그녀만 알아들을 수 있는 이야기는 지루했다. 하지만 그녀의 그윽한 눈빛을 보면 그 흔해빠진 기억들을 -모두가 한번쯤은 가지고 있는 그 평범한 경험들을- 누구보다 특별하게 간직하고 있음을 알 수 있었다.

"그 남자를 많이 사랑했나요?"

내가 물었다.

나는 실비아가 남편과 이혼하고 고등학교에 다니는 아들과 단둘이 사는 걸 알고 있었다. 여사장은 그녀의 아들이 그녀를 무시하는 것도 모자라 때리기까지 한다고 했다. 여자는 말예요, 이 힘없는 여자란 존재는 말예요, 사랑이 없으면 아무것도 아니에요.

실비아는 무너지듯 주저앉아 테이블에 두 팔을 얹고는 그

위에 고개를 묻었다.

"기억 안 나요. 많이 했는지 적게 했는지. 그냥 사랑했어요."

나는 문득 실비아의 머리를 쓰다듬어주고 싶은 충동을 느꼈다. 과거 허리까지 내려오던 실비아의 머리는 남자처럼 싹둑 잘려 있었다.

"책을 쓰신다고 했죠?"

갑자기 실비아가 고개를 들었다. 가늘게 뜬 눈이 꿈이라도 꾸는 듯했다. 어쩌면 그녀는 잠에 취한 것일까. 나는 고개를 끄덕였다.

"그럼 사랑 이야기도 쓰세요?"

"아마도."

"전 책을 잘 안 읽어요. 하지만 선생님 책은 꼭 읽어보고 싶어요."

실비아가 자꾸 내 이름이 뭐냐고 물어서 난처해졌다. 나는 C의 이름을 댔다. 실비아는 한참동안 그 이름을 곱씹었다.

"내일 바로 서점에 갈 거예요."

그녀가 기쁜 표정을 지었다. 손님들이 들어와 실비아가 자리에서 일어났다. 나는 커피를 한 모금 마시고 난 뒤 창에 비친 내 모습을 바라보았다. 늙고 지쳐 보이는 남자. 나는 담배를 한 대 더 피우고 자리에서 일어났다.

나는 한동안 〈실비아〉에 가지 않았다. 몇 달 뒤 다시 찾아갔을 때 그녀는 보이지 않았다.

"그 앤 이제 안 나와요."

여사장이 기분 나쁘다는 듯 말했다.

"말도 없이 관둬버렸어요. 일도 하기 싫고 아무것도 하기 싫대요. 전화기 너머 울기만 하대요. 그 앤 평생 그렇게 살 거예요. 동정할 가치도 없는 애예요."

실비아가 없는 실비아에서 나는 커피를 한 잔 마셨다.

그렇다. 실비아는 없다.

파이프

모텔 옆 귀퉁이에는 파이프가 달려 있었다. 누군가 뜨거운 물을 쓰면 보일러가 돌아가면서 따뜻한 증기가 뿜어져 나왔다. 'u' 모텔은 6층짜리 건물이고 거대했다. 똑같은 모양과 크기의 창이 수십 개가 달려 있었다. 그중 누가 샤워를 하면 파이프는 마치 담배 연기를 뿜듯이 연기를 뿜어냈다. 얼마나 웃긴 일인가? 내가 알지 못하는 수많은 인간들이 저 방 어딘가에서 발가벗고 샤워를 하고 있는 것이다. 그것도 아주 많은 인간들이 말이다. 그들은 벽 하나를 사이에 두고 서로 벗고 있는 줄도 몰랐다. 그들이 얼마나 부지런하게 몸을 씻어대는가가 나를 역겹게 만들었다. 나는 천천히 파이프 앞에 다가갔다. 담벼락 위에 죽은 나뭇가지처럼 걸친 파이프 쪽으로 팔을 뻗었다. 어둠을 무너뜨리며 쏟아지는 흰 증기가 마치 내 손을 잡아먹어버릴 듯이 모습을 감추었다.

"겁쟁이!"

누군가 외쳤다. 깜짝 놀라 주변을 둘러보았지만 아무도 없었다. 덜덜거리며 파이프만이 괴상한 소리를 내지를 뿐이었다.

"겁쟁이!"

그때 또다시 목소리가 들렸다. 나는 무서워지기 시작했다. 뭔가에 홀리기라도 하듯 파이프를 올려다보았다. 성인 남자의 팔뚝도 들어갈 만큼 깊고 넓은 파이프 안쪽은 동그랗고 어두웠다. 마치 누군가 숨어서 보고 있는 것 같은 느낌이 들었다. 그러고 보니 파이프에서 뿜어져 나오는 흰 연기가 사람이 내뿜는 입김 같기도 했다.

"뭘 보는 거야. 겁쟁이 주제에."

나는 당황했다. 확실했다. 그건 파이프에서 나는 소리였다. 나는 겁먹는 대신 눈을 크게 뜨고 파이프를 노려보았다.

"너는 아무것도 쓸 수 없어. 거들먹거리며 뭔가 쓰는 체하지만 실상 네가 아는 게 뭐야. 넌 아무것도 아는 게 없어. 넌 그저 겁쟁이일 뿐이야."

나는 억울했다. 이깟 파이프 따위가 뭘 안다고 이런 개소릴 하나 싶었다. 내가 막 반박하려는데 파이프에서 뿜어져 나오던 연기가 갑자기 멈추었다. 주변이 고요했다. 나는 숨을 멈추고 무언가에 홀린 사람처럼 파이프 안쪽을 다시 들여다보았다. 건물을 올려다보자 두 개의 방에 불이 켜져 있었다. 그마저도 명쾌하지 않은 빛깔로 약간 흐릿했다. 내가 다시 파이프를 바라보았을 때다.

"네 꼴을 봐, 정말 우습군!"

다시 그 소리다. 낮고 깊은 저음의 목소리. 그러나 남자인지 여자인지는 알 수 없다. 귀청이 떨어져 나갈 만큼 커다란 소리다. 하지만 왠지 먼 데까지 들릴 것 같지는 않은 음산하고 묵직한 목소리다.

"누군지 모르겠지만, 내가 누군지 알고나 하는 소린가?"

내가 물었다. 지나가는 사람들이 날 미친놈 취급할까봐 조그맣게 그러나 목소리에 바짝 힘을 싣고 최대한 엄준하게 말했다. 짧은 순간이었지만 이런 이유 같지 않은 이유로 또다시 겁쟁이라고 책잡히고 싶지 않았다.

"그럼. 잘 알지. 넌 자주 이 골목을 어슬렁거리며 담배나 피워대는 꼴초니까."

그건 사실이었다. 방금 전에도 담배 한 대를 피웠던 것이다. 이 길은 퇴근할 때마다 지나가는 곳이고 어쩌다 보니 이 좁은 골목만 보면 들어가 담배를 한 대 피우는 게 습관처럼 되어버렸다. 나는 파이프란 놈이 내가 담배꽁초를 함부로 버리는 것 때문에 그런지도 모르겠다고 생각했다.

"아냐. 넌 역시나 생각하는 수준도 저급하군."

파이프가 와하하 하고 웃었기 때문에 나는 당황했다. 갑자기 부앙 소리를 내며 연기가 뭉텅뭉텅 쏟아져 나왔다. 나도 모르게 뒷걸음질을 쳤다.

"자, 저기 사람들 좀 봐. 저들 중 누구도 너만큼 한심하진 않아. 넌 내가 아는 한 가장 멍청한 인간이야. 그리고 겁쟁이지. 그것만은 확신할 수 있어."

"대체 내가 왜 겁쟁이라는 거지?"

나도 모르게 큰소리로 따졌다. 파이프란 놈이 뭐라고 지껄이든 그게 사실이든 아니든 억울해 미칠 지경이었다. 정확히 뭔지는 모르겠지만 파이프의 고압적인 목소리며 내 정수리를 향해 쏟아지는 따뜻한 연기 때문에 어쩐지 열이 나는 것 같기도 하고 그런데도 간단히 무시해버리고 떠나지도 못하고 파이프의 좁은 구멍 속을 쳐다보며 어쩌면 내가 미쳐버린 건 아닐까 두려움에 온몸이 떨리는 나 자신이 정말 한심해지는 것 같아 조금씩 비참해지기 시작했던 것이다. 그러나 파이프는 입을 꾹 다물고 있었다.

"이유를 알려줘. 부탁이야."

나는 좀 더 기세를 누그러뜨리고 애원했다. 상대가 만만한 놈이 아니기도 하고 그러지 않으면 정말 이대로 집에 돌아가게 될 것만 같았기 때문이다.

"정말 알고 싶어?"

파이프가 입을 열었다.

"그래. 알려줘."

내가 이때다 싶어 냉큼 대답했다. 파이프가 피식피식 연기를 내뿜었다.

"정말 알고 싶다면 이 건물 안으로 들어와. 그럼 날 만날 수 있을 테니까."

다시 연기가 멈추었다. 파이프 안은 어두컴컴했다. 아무것도 보이지 않았다. 나는 멍하니 파이프를 쳐다보았다. 뭐라고 더 말하지 않을까 싶어 기다렸지만 그걸 끝으로 아무 말도 들리지 않았다. 이상한 일이었다. 나는 쭈뼛했다. 정말로 미쳐버린 건지도 몰랐다. 하지만 이대로 돌아가버리자니 어쩐지 분했다.

아니 만일 그렇게 되면 정말로 겁쟁이가 되어버리는 꼴이라고 생각했다.

나는 천천히 모텔 쪽을 향해 걸어갔다. 모텔 담벼락에서 담배를 피운 건 오래되었지만 모텔 안으로 들어가 보기는 처음이었다. 담벼락에서 곧바로 모텔로 들어가는 쪽문이 있었다. 주차장으로 통하는 통로로 딱딱한 재질의 암막을 드리운 게 어쩐지 기분이 나빴다. 안에 들어가자 카운터에 머리가 벗겨진 남자가 한쪽 손을 괴고 뭔가를 보고 있었다. 신문인 줄 알았는데 화려한 칼라로 도배된 전단지였다.

남자가 나를 힐끔 쳐다보았다.

"혼자 오셨어요?"

남자가 물었다. 내가 머뭇거리다 고개를 끄덕였다.

"며칠 묵으실 거예요?"

남자가 나를 이상하다는 듯 쳐다보았다. 나는 망설이다가 하루라고 대답했다. 남자가 오만원이라고 말했다. 내가 지갑에서 돈을 꺼냈다.

"4층이에요. 저쪽에 엘리베이터가 있어요."

엉겹결에 키를 받아들고 남자가 가리킨 방향으로 걸어갔다. 파이프 따위의 말을 듣고 이런 싸구려 모텔 안에 들어오다니. 갑자기 비실비실 웃음이 났다. 어쩌면 요새 모텔에서 유행하는 신식 호객법일지도 모른다는 생각이 들었다.

방은 4층 복도 맨 끝에 있었다. 바닥에는 원래 회색인 건지 때에 찌들어 그렇게 된 건지 알 수 없는 걸레 같은 카페트가 깔려 있었다. 나는 열쇠를 문구멍에 집어넣고 방문을 열었다.

문을 잡아당기자 끼익 소리가 울렸다. 대체 내가 왜 이런 곳에 있는 걸까. 살다 보면 별의별 일이 다 일어난다지만 이건 정말 웃기는 일이었다. 누구라도 파이프가 만나자고 해서 모텔에 들어왔다고 하면 믿지 않을 것이다. 방안은 어두컴컴했다. 문 옆에 있는 벽을 더듬어 스위치를 찾았다. 딸깍 소리가 나면서 불이 켜졌다. 방안은 초라하고 보잘 것 없었다. 커다란 침대와 작은 티테이블, 등받이에 쿠션이 둥글게 덧대어진 의자 두 개가 전부였다. 그것도 하나같이 낡고 유행이 지난 촌스러운 것들뿐이다.

나는 창가로 다가가 바닥까지 드리워져 있는 녹색 커튼을 젖히고 창문을 열었다. 도시 한복판에 위치한 낡은 모텔은 창문을 열자마자 즉각 무시무시한 소음으로 뒤범벅이 되었다. 아래를 내려다보자 사람들 뒤통수가 어지럽게 보였다. 누군가 카악 퉤 하고 가래 뱉는 소리가 울렸다.

담배를 한 대 피우고 창문을 닫았을 때였다.

"겁쟁이!"

나는 흠칫 놀라서 뒤를 돌아보았다. 아무것도 보이지 않았다. 방안은 고요했다. 낡은 액자 하나만이 덩그러니 걸려 있었을 뿐이다.

"겁쟁이!"

나도 모르게 벌떡 일어났다. 그 바람에 테이블에 있던 재떨이를 팔로 치고 말았다. 투명한 크리스털 재떨이가 바닥에 떨어지면서 둔탁한 소리를 냈다. 깨지지는 않았다. 일어선 채로 주변을 둘러보았다.

"넌 겁쟁이야. 네 모습을 봐. 네 꼴 좀 보라구!"

무서웠다. 아마도 정말로 미쳐버렸는지도 모른다. 그 편이 훨씬 나았다. 나는 티브이 리모컨을 찾았다. 티브이라도 틀어야겠다고 생각했다. 내가 리모컨을 막 집어 전원 버튼을 누르려고 할 때였다. 누군가 방문을 쾅쾅 두드렸다. 너무 놀라 비명을 지를 뻔했다.

"겁쟁이!"

나는 달려가 방문을 열려다 말고 주저했다. 어쩌면 이 모든 게 치밀한 계획에 의해 세워진 속임수인지도 몰랐다. 누군가 나를 방안에 가두고 흉기로 찔러 죽이려고 말이다. 그러나 대체 나를 왜 죽인단 말인가? 방문은 계속 큰 소리로 쾅쾅 울리고 있었다.

"겁쟁이!"

"씨발!"

어디서부터 잘못된 건지 모르겠다. 나는 그저 평소처럼 회사에 가서 일을 하고 집에 돌아오는 길에 골목에 들러 담배를 한 대 피웠을 뿐이다. 누구한테 딱히 해를 끼치지도 않고 실수한 적도 없다. 비록 담배꽁초를 바닥에 버리긴 했지만 그렇다고 침까지 뱉진 않았다. 물론 불을 낸 적도 없다. 그런데도 파이프는 내게 겁쟁이라고 말하고 나를 이 지저분한 모텔로 불러들였으며 이제는 나를 죽이려고까지 하는 것이다. 아무리 생각해도 이런 억울한 일을 당할 이유가 없다. 그러니까 파이프는 아직 내게 아무런 이유도 설명해주지 않은 것이다.

나는 경찰에 신고할까 하다가 얼른 전화기를 들고 카운터로 연락했다. 곧바로 남자가 받았다.

"누가 날 죽이려고 해요!"

내가 소리쳤다.

"예?"

남자가 멍청한 소리를 냈다.

"어떤 미친놈이 자꾸 내 방문을 두드린다구요. 당장 이리로 올라와서 저 사람 좀 보내버리라고, 씨발!"

나는 거의 윽박지르다시피 하고 있었다.

"잠깐만 기다려요. 곧 올라갈 테니."

남자가 말했다. 통화음이 끊기고 뚜우뚜우 소리가 들렸다. 나는 잠자코 기다렸다. 계속해서 누가 방문을 두드렸지만 더 이상 신경 쓰지 않기로 했다. 귀를 막고 침대로 가서 이불을 덮고 누웠다. 이불에서 희미하게 향수 냄새가 났다. 몸이 달달 떨렸다. 그 상태로 잠이 들었다. 눈을 떴을 때는 더 이상 방문 두드리는 소리가 들리지 않았다. 그 대신 누군가 내 옆에 앉아 있었다. 나는 그 사람을 한눈에 알아볼 수 있었다.

"네가 왜 여기 있지?"

남자가 무릎에 뭔가를 놓고 열심히 쓰다 말고 나를 쳐다보았다. 얼굴이 무표정했다. 감정이 전혀 없거나 몹시 화난 사람처럼 보였다.

그 사람은 나였다. 다름 아닌 내가 거기 있었다. 그가 천천히 손을 뻗었다. 처음엔 몰랐는데 번쩍 하는 빛이 나서 보니 정말로 칼이 들려 있었다.

"너였군. 네가 날 죽이려는 거였군."

내가 일어나 도망가려 하자 그가 잽싸게 한손으로 내 상체를 눌렀다. 그리곤 순식간에 내 목에 식칼을 찔러 넣었다. 악소리를 질렀다고 생각했는데 아무 것도 들리지 않았다.

짐승 같은 남자의 몸 너머로 깜빡이는 전등이 보였다. 붉고 어쩐지 명쾌하지 않다. 모텔 방이란 기본적으로 그런 것이다. 눈을 감았다. 마음이 편해졌다. 아주 잠깐이지만 행복하다고도 생각했다.

외팔이 남자

불행은 언제나 시간을 안고 온다. 그런 생각을 하면서 외팔이 남자는 우울한 상념에 젖어 있었다. 그는 흔들리는 나뭇잎에 바라보며 그가 아무리 세게 입김을 불어도 그것이 결코 떨어지지 않을 거라고 생각했다. 그의 나이 벌써 마흔이었다. 젊지도 늙지도 않은 어중간한 세월의 파고에 잠겨 자신이 두둥실 떠간다고 생각했다.

담배를 한 대 피우고 싶었다. 공원은 금연이었다. 되는 일이 없다고 생각했다. 언제나 그랬다. 삶은 지리하고 경계줄 없는 풀장을 유영하는 것과 같다. 여기저기 부딪히고 치이며 떠돌다 보면 어떤 인연이 있을지도 모른다고 생각했지만 그와 교감할 사람은 어디에도 없었다. 그는 화단가에 쪼그리고 앉았다. 아직은 이른 저녁이었다. 그런데도 자신의 길게 드리워진 그림자가 마치 덫이 되기라도 하듯 사람들은 깡총깡총 피해갔다.

십 년 전 그는 자신이 천재 시인이라고 생각했다. 그가 불쾌한 힘에 떠밀려 흔들리고 있을 때(이를테면 저 나뭇잎처럼 말이다) 그의 머릿속을 붙잡고 있던 추상적 감정들의 실체는 나무 밑동에 단단히 뿌리 박혀 있었다. 그는 그것들을 뽑아낼 힘이 없었다. 그리고 갇혀버렸다. 기회라곤 체념밖에 없는 허무의 바다 속에서.

한 여자아이가 그의 옆에 앉았다. 그는 느꼈다. 그녀 역시 자신과 비슷한 처지인 것이다. 어떤 강렬한 분위기가 그녀의 온몸을 둘러싸고 있었다. 그것은 어떤 말로도 형용할 수 없는 것이다. 모든 게 불가피하게 벙어리 같은 사색의 울음 속에 있었다. 옆에서 본 산처럼 우뚝 솟은 여드름 속에 고름처럼 차 있는 허무감을 그는 보았다.

오늘로써 그는 이 아이를 다섯 번 본 것이다. 어쩌면 더 되었을지도 모른다. 이 세계는 수백만 명의 사람들로 가득 차 있지만 이런 표정을 가지고 자신만의 공허 속에 몸을 숨기는 사람은 드물다. 그것도 자신처럼 험상궂고 신뢰가 가지 않는 얼굴을 한 남자의 옆에서.

남자는 여자아이를 흘끗 본다. 아마도 -정말 이건 만에 하나의 확률이지만- 남자는 여자아이가 자기에게 말을 걸고 싶은 건지도 모른다고 생각한다. 그가 히죽히죽 웃기 시작했다. 왜 웃는지 모르겠지만 자꾸 웃음이 나왔다.

"혼자 웃으면 미친 사람 소리 들어요."

그가 여자아이를 쳐다보았다. 긴 머리칼이 바람에 흩날렸다. 남자가 웃던 걸 멈추었다.

"넌 미치지 않았다는 거냐?"

"누구도 미치지 않았어요. 나도, 아저씨도요."

여자아이가 추운지 팔짱을 꼈다. 그녀의 가느다란 손목이 꼼지락거리며 그녀의 겨드랑이 속을 파고드는 것을 그는 신기하게 바라보았다. 팔찌도 시계도 차지 않은 고작 손목에 불과한데도 그것이 마치 '발가벗겨진' 살덩이처럼 느껴졌다. 그는 자신이 음란한 상상을 하는 걸 깨닫고 흠칫 놀랐다. 너무 오래 혼자 살았다. 여자를 못 만난지도 오래되었다. 그래서 그런 걸 거다. 그나저나 사람이 사람의 생각을 알 수 없다는 건 얼마나 다행스런 일인가?

"전 정말 지겨워요. 그래도 웃진 않아요."

"누구도 지겨울 땐 웃지 않아."

"알아요. 하지만 아저씬 웃었잖아요. 그러니까 미쳤다는 거예요."

"난 미치지 않았어. 미친 게 너람 모를까."

"그래요. 난 미쳤어요. 하지만 내가 미쳤다면 이 세상도 미친 거예요. 아저씨두요. 미친 사람한텐 아무리 아니라고 말해도 전부 미친 걸로 보여요."

여자아이가 한손으로 머리칼을 뒤로 넘겼다. 예쁘게 생긴 아이다.

"팔은 어쩌다가 그렇게 된 거예요?"

여자아이가 물었다.

"태어날 때부터 이랬어. 넌 외팔이 아닌 것만으로도 감사하려무나."

"나랑은 관계없는 일이에요."

"말이 그렇다는 거야."

"차라리 외팔이었다면 내 인생이 엉망진창인 이유를 팔 때문으로 돌릴 수 있었을 텐데."

"그건 비겁한 짓이야."

"사람은 누구나 비겁해요. 비겁하지 않은 척하는 것부터가 비겁해."

남자가 입을 다물었다. 자기를 가리켜 말하는 것 같이 들렸기 때문이다.

"외팔이면 힘이 무척 세겠네요. 티브이에서 봤어요. 팔이 한쪽만 있으면 그 힘은 보통 팔보다 힘이 더 세질 수밖에 없대요. 생존을 위해서요."

외팔이 남자 역시 그런 얘기를 많이 들었다. 어릴 때부터 주위에서 자주 팔씨름을 하자는 말을 들었다. 한 번도 진 적이 없다면 좋겠지만 사실은 자주 졌다. 사람들은 외팔이라고 꼭 강한 것만은 아니네, 라고 말하곤 했다. 마찬가지야, 라고 외팔이 남자는 생각했다.

"꼭 그런 것 같지도 않아. 사람이 두 팔을 다 갖고 있다고 해서 다 힘이 센 건 아닌 것처럼 말이야."

"그것도 그렇네요."

여자아이가 순순히 인정했다.

"제 생각에 사람들은 누구나 외팔이에요. 평형감각을 갖고 살아가는 사람은 이 세상에 몇 명 안 될 거예요. 실은 저에게도 신체 비밀이 하나 있어요."

여자아이가 중대발표라도 하듯 말했다.

"뭔데?"

"전 새끼손가락을 못 펴요."

여자아이가 오른손을 들어보였다. 정말 새끼손가락 하나만 구부러져 있었다. 여자아이가 확인시켜주기라도 하듯 여러 번 주먹을 쥐었다 폈다 했다. 장난인 줄 알았는데 신기하게 새끼손가락만 펴지지 않았다.

"이쪽 손만 그래요. 왼손은 펴지는데."

"왜 그런 거지? 다쳤나?"

"아뇨. 태어날 때부터 이랬어요. 여기만 뼈가 비정상적으로 좀 큰 것 같기도 하고. 웃기죠?"

여자아이가 자기 손을 바라보며 웃었다. 정말 웃겨서 웃는다기보다 어이가 없어서 웃는 것 같았다.

"그래서 뭘 할 수 없는지 알아요? 기도를 할 수 없어요."

여자아이가 고개를 돌려 남자를 바라보았다.

"아저씨처럼요."

남자는 여태 신은 없다고 생각했다. 신이 있다고 해서 달라질 게 뭐란 말인가? 그는 줄곧 자신이 불행하다고 생각해왔다. 그가 다른 사람과 틀리다는 것을 깨달은 순간부터. 한 가지 위안이 되는 건 그와 같이 불행을 안고 사는 인간이 이 세상엔 꽤 많다는 것이다. 그의 머릿속에 갑자기 재미있는 생각이 났다. 그는 여자아이에게 둘이 힘을 합쳐 기도를 해보는 게 어떻겠냐고 했다. 내 외팔과 너의 왼손으로 말이야. 여자아이가 처음엔 이상한 표정을 짓더니 갑자기 숨이 넘어가게 웃었다.

"좋아요. 한번 해봐요."

남자가 외팔을 내밀었고 여자아이가 왼손을 펼쳤다. 곧게 펴진 두 사람의 손바닥이 천천히 맞닿았다.

"믿기 어렵겠지만 이건 내 생의 첫 기도야."

눈을 감기 전 남자가 말했다.

두 사람이 무얼 기도했는지 모른다. 하지만 그 최초의 행위로부터 두 사람은 동시에 무언가가 일어났다고 느꼈다.

방

나는 그 방의 내부가 궁금해서 견딜 수 없었다. 언제부턴가 맞은편 건물 계단에 서서 건너편을 바라보는 게 일이 되었다.

"그 집에 관심 있는 거요, 아님 그 집 남자한테 관심이 있는 거요?"

부동산 주인이 심술궂게 물었다.

물론 집이라고 나는 대꾸했다. 이제 막 집 주인에게 관심이 생기려고 한다는 말은 하지 않았다. 내가 알고 싶은 건 남자가 이 집에 얼마나 오래 살았는가 하는 것이었다. 부동산 주인은 남자가 5년 넘게 살았다고 했다.

"다른 데 알아보는 게 빠를 거요. 그 친구는 그 집을 무척 좋아하니까."

부동산 주인은 그보다 훨씬 좋은 집을 얼마든지 소개해줄 수 있다고 했다. 그 집은 혼자 살기에도 비좁고 천장도 낮고 기울어진 데다 방 구조가 일그러진 마름모꼴이라 가구를 배치하기에도 난감하다는 것이다.

나는 어깨를 으쓱했다. 그리고 부동산 주인에게 연락처를 일러주었다. 방이 빠지는 즉시 연락을 달라는 말과 함께.

내가 그 집을 발견한 건 작년 여름이다. 4층짜리 건물은 어디서나 볼 수 있을 것 같은 평범한 건물이었다. 그러나 맨 위층 구석에 홀로 도드라져 있는 창 하나가 내 마음을 사로잡았다. 그 방은 설계과정에서 어떤 치명적인 실수로 인해 생겨나고 만 느낌이었는데 실제로 그 때문에 건물은 전체적으로 비뚤고 조잡스런 느낌을 주었다. 자존심 강한 설계사는 최대한 이 방을 예술적으로 마무리하기 위해 애썼다. 창문이 약간 치켜 올라간 게 그 증거였다.

나는 이미 내 머릿속에서 그 집을 어떻게 꾸밀 것인가에 대한 상상을 끝냈다. 일단 창문 앞에는 거대한 마호가니 책상을 갖다놓는다. 푹신한 등받이가 달린 의자는 바퀴가 달리지 않은 것으로 러그를 깐 바닥에 올려놓고 책상 귀퉁이에는 언제라도 커피를 내려마실 수 있게 커피포트를 가져다 놓을 것이다. 그 앞에 앉아 하루 종일 소설을 쓰는 내가 보였다. 그 방에서라면 한 시대를 들었다 놓을 위대한 소설을 쓸 수 있을 것 같았다.

부동산 주인의 말만 들으면 이 방은 세를 주기에 나쁜 조건임에 틀림없었다. 그러나 일단 들어와 살면 5년 넘게 살 만큼 매력적인 방이었다.

나는 그 집 맞은편 카페에 앉아 방 주인이 나오길 기다렸다. 아침 7시 50분. 남자가 나왔다.

남자는 평범했다. 잘생기긴 했지만 뛰어나게는 아니었다. 어설프게 잘생긴 남자란 아무짝에도 쓸모없는 것이다. 내 생각에는 그가 그 방을 벗어나 어떤 단조롭고 무미건조한 방에 살아도 문제없을 것 같았다. 임대료와 별개로 이것은 쓸데없는 낭비이고, 그가 부리는 사치다.

나는 그에게 편지를 썼다. 그 집에 살고 싶은데 혹시 방을 뺄 계획이 없는지 말이다. 며칠 후 그에게 답장이 왔다.

「없음.」

무슨 수를 쓰든 해야 했다.

나는 다음날부터 그를 미행하기 시작했다. 그가 다니는 직장이 어딘지 알아냈으며 그가 자주 가는 바와 식당도 알게 되었다. 그가 만나는 여자도 알아냈다. 평범한 여자였다. 날이 더워지자 남자는 창문을 열어놓았다.

나는 망원경을 샀다. 밤마다 방안을 건너다보았다. 그의 방안은 조금도 예술적이지 못했고, 그는 더더욱 그랬다. 나는 밤마다 그에게 협박전화를 걸었다. 그가 일하러 간 사이 열쇠구멍을 망가뜨려놓기도 했다.

몇 달 후 나는 집앞에서 경찰에게 붙들렸다.

그들은 내가 남자를 스토킹한다고 생각했다. 나는 내가 관심 있는 건 남자가 아니라 그 집이라고 말했다. 누구도 내 말을 믿지 않았다. 심지어 나를 신고한 부동산 주인조차도.

나는 지금 이 순간에도 그 방을 쳐다보고 있다. 내 머릿속에는 오로지 그 방과 소설에 대한 생각뿐이다. 그 좁고 일그러진 방안에서 일찍이 없었던 위대한 소설을 쓸 것이다.

언젠가는.

나의 정신병자 애인

얘, 넌 나가서 매일 뭘 보는 거니?
나무와 바람, 창문, 그리고…….

도심 속에 정신병원이 있다는 건 조금 의아한 일일 수는 있다. 하지만 그 젊고 세련된 환자에게 이러한 위치는 축복이었다. 왜냐하면 그녀는 사람이 없는 걸 견디지 못했기 때문이다.

그녀는 하루 한 시간씩 산책할 수 있는 기회를 얻었는데 그녀가 예의바른 환자인 동시에 병원에 가장 오래 입원한 환자였기 때문이었다. 산책 시간은 매일 오후 두 시에서 세 시까지로 그녀는 삼십 분 전부터 외출복으로 갈아입었다. 병원에서는 왼쪽 가슴에 장미가 그려진 하얀 원피스를 입게 했다.

그녀는 하루도 거르지 않고 매일 같은 시간에 산책을 나섰다. 장소는 언제나 꽃집과 편의점, 카페와 식당 사이사이가 되었지만 상관없었다. 누군가에겐 똑같은 풍경이 그녀에겐 날

마다 새로운 기억이었으니까.

그녀는 힘차게 걸었다. 때때로 느리게도 걸었다. 동네 사람들은 그런 그녀를 마주치면 슬금슬금 피했다. 그들은 그녀를 잘 알고 있었다. 정확히 말하면 그녀가 입은 옷을 잘 알고 있었다. 그들은 그 옷이 무얼 의미하는지 알고 있었다.

그녀의 흰 원피스는 멀리서도 눈에 띄었다. 그 옷은 그녀에게 무척 잘 어울렸지만 사람들은 그 옷을 보면 불편해했다.

어느 날 한 남자가 동네를 지나가다가 우연히 그녀를 보았다. 남자는 첫눈에 그녀에게 반했다. 밤색 머리칼과 하늘거리는 원피스가 무더운 여름날의 바캉스처럼 그의 마음을 사로잡았다.

남자는 망설임 없이 그녀를 쫓아갔다. 남자는 스무 살이었다. 학교에 가는 길이었고, 하루 정도 빠진다고 문제될 것은 없었다. 그들 세계에서 남자답다는 것은 '자신이 본 것을 의심하지 않는 것'이었다.

여자의 행동에는 어딘가 기묘한 데가 있었다. 한참 걷다가도 멈춰 서서 하늘을 올려다보기도 하고 양팔을 휘젓거나 허리를 꺾으며 웃기도 했다. 여자가 길가의 나무들마다 팔을 뻗어 손바닥을 가만히 대고 있을 때는 이상하게 감동적이었다.

"나무야, 네게도 감정이 있겠지. 심장이 뛴다거나 얼굴이 붉어지는 일은 없겠지만 내 손바닥의 감촉을 느낄 수 있겠지. 그럼 내 얘기 좀 들어줄래?"

남자가 여자에게 천천히 다가갔다.

"아까부터 널 지켜봤어. 괜찮다면 같이 걷지 않을래?"

맹세코 그녀는 이 순간 제 또래인 남자를 처음 만난 것이다. 병원에는 그녀 나이대의 남자가 없었다. 거무죽죽한 피부에 수염자국이 지저분하게 난 재미없는 남자들뿐이었다.

"좋아."

두 남녀는 처음으로 같이 산책을 했다. 남자는 어떻게 해야 할지 몰라 여자 뒤만 졸졸 쫓아갔다. 여자가 길가의 들풀을 잡아당기면 남자도 똑같이 잡아당겼다. 여자가 멈춰서면 남자도 멈추어 섰고, 가게 유리창에 이마를 맞대면 남자도 똑같이 따라했다. 남자는 그녀가 사랑스러웠다. 미친 사랑이었다.

동네 사람들이 이러한 둘의 모습을 놓칠 리가 없었다. 처음엔 남자가 그녀의 친구나 친척인 줄로만 알았는데 곰곰이 생각하면 그런 일은 지난 몇 년간 단 한 번도 없었다.

"저런 미친놈을 봤나."

두 사람은 거의 매일 만나 산책을 했다. 매일 오후 두 시에서 세 시까지 언제나 같은 길을 걸었다. 두 사람이 만난 지한 달이 넘어갈 때였다. 동네 사람 중 한 명이 남자에게 그녀가 정상이 아니라고 말해주었다. 그녀가 정신병원에 입원중인 환자이고 그녀가 입은 흰 원피스에 새겨진 장미는 바로그 시설의 로고라고 말이다. 남자는 믿을 수 없었다. 지난 한달간 여자에게 전혀 이상한 점을 발견하지 못했기 때문이다.

"넌 미친 여자를 사랑한 거야."

남자는 여자를 찬찬히 바라보았다. 그녀는 그날도 흰 원피스를 입고 왔다. 그를 반하게 만든 그 눈부신 순백의 원피스왼쪽 가슴에는 빨간 장미가 그려져 있었다.

"넌 왜 그 옷만 입어? 다른 건 없어?"

여자가 미소 지었다.

"이 옷을 입어야만 널 만날 수 있거든."

남자는 입을 다물었다. 더는 아무것도 묻지 않았다. 그 옷은 정신병원에서 준 옷이 맞았다. 전날 남자가 병원에 찾아가 확인한 사실이다. 병원 문에는 크고 봉긋한 장미 봉오리가 그려져 있었다. 또 거기 사람들의 옷과 슬리퍼에도 빨간 장미가 그려져 있었다.

남자의 눈에 그녀는 귀엽고 천진난만했다. 단 한 번도 얼굴을 찌푸리거나 짜증을 내는 걸 본 적이 없다. 실수로 누가 그녀의 어깨를 부딪쳐도 그녀는 웃음을 터뜨렸다. 남자는 아무리 생각해도 상대에게 어떠한 해도 주지 않으며 상대를 행복하게 만들어주는 미친 여자는 없다고 생각했다.

"모함이야." 남자는 생각했다. "뭔가가 있어."

남자는 그녀가 어떻게 해서 병원에 입원하게 되었는지 알아보기로 했다. 하지만 그녀가 정확히 어떤 병을 앓고 있는지를 아는 사람은 없었다. 그들은 다만 그녀가 정상이 아니라는 말만 반복했다. 그는 답답했다. 그녀와 함께 하는 시간은 기쁘고 의심의 여지가 없었지만 어쨌거나 그녀가 정신병자라는 게 계속 신경 쓰였다.

며칠 전까지만 해도 남자는 기회를 봐서 그녀에게 사귀자고 말할 참이었다. 아직 여자와 한 번도 사귀어본 적 없는 그는 자신의 첫사랑이 정신병자였다고 말하고 싶진 않았다. 그녀와 사귀게 된다면 자신의 친구들에게 소개도 시켜주고 싶고 근사한 레스토랑도 가고 싶었다. 기차를 타고 멀리 바다로 여행을 떠나고도 싶었다. 하지만 정신병자라면 아무래도 문제가 된다.

남자는 그녀에게 직접 물어보기로 했다. 두 시가 되기 전 병원 앞에서 그녀를 기다렸다. 그전까지 두 사람은 그들이 처음 만난 커다란 나무 아래서 만나고 있었다.

언제나처럼 여자는 흰 원피스를 입고 나왔다. 그녀의 상쾌한 미소는 남자를 본 순간 사라졌다.

남자는 그녀가 화가 났을 거라고 생각했다. 하지만 그들이 커다란 나무를 돌아 공원 벤치에 앉았을 때 그녀가 먼저 입을 열었다.

"나도 내가 왜 거기 있는지 몰라."

공원엔 두 사람 말고도 산책 나온 사람들이 많았다. 맞은편에 걸어오던 두 사람은 자기 개들이 서로 짖는 바람에 엉거주춤 서서 인사를 나누고 있었다. 개줄이 엉망진창으로 얽혔다.

"거기 있는 모든 사람들이 자기가 왜 그곳에 있는지 몰라."

"병명을 모른다는 거야?"

"응."

"언제부터 그곳에 있었어?"

"기억나지 않아. 아주 오래 전부터."

"학교는?"

"안 가."

"가고 싶지 않아?"

"친구가 없는 건 조금 외로워. 하지만 그것 말고 불편한 건 없어."

"사람들은 어때? 너한테 잘해줘?"

"응. 모두 좋은 사람들이야. 그 사람들에게 문제가 있다니 믿을 수 없어."

"조금도 이상하지 않다는 뜻이야?"

"내가 보기엔 그래. 넌 내가 이상해보여?"

남자가 고개를 저었다.

"아니. 완벽해."

남자는 그녀에게 좋아한다고 고백했다. 그가 상상했던 순간과는 조금 거리가 멀었지만 그때가 아니면 자신의 마음을 전달하지 못할 것 같았다.

"사귀자."

그녀는 미친 게 아니라 특별한 것이다. 학교에서도 많은 여자애들을 만났지만 그녀만큼 특별한 여자는 없었다. 그녀가 정상이 아니라고 해도 정신병에는 여러 종류가 있고 아마도 그것은 보통 사람들이 한 번도 맡아본 적 없는 매혹적인 향수를 뿌린 것과 비슷할 것이다.

그녀는 예쁠 뿐만 아니라 지적이기까지 했다. 병원에 오래 있었다고 믿을 수 없을 만큼 많은 걸 알고 있었다. 그녀는 병원 안에 도서관이 있다고 했다. 많은 환자들이 밖에 나가지 않는 대신 주로 책을 읽는다고 했다. 그녀는 자신의 책을 깜짝 선물해주기도 했다. 그 책은 비록 다른 환자의 책을 훔친 거였지만 그런 사정까지 알 리 없는 남자는 대부분의 남자들이 그러하듯 자신의 첫사랑만큼이나 아름답고 순수하며 그의 인생을 뒤흔들만한 여자는 없을 거라고 믿었다.

산책이 끝나자 남자가 그녀를 병원 앞까지 데려다주었다.

"너랑 좀 더 있고 싶어."

엘리베이터 앞에서 그가 말했다. 병원은 고층 빌딩 꼭대기에 있었다.

"안 돼. 이건 병원에서 정한 규칙이야. 난 규칙을 지켜야만 해. 그렇지 않으면 두 번 다시 널 볼 수 없을지도 몰라."

엘리베이터 문이 열렸다.

"안녕."

문이 닫히자 남자는 두 번 다시 여자를 볼 수 없을 것만 같은 기분이 들었다. 숫자는 무시무시한 속도로 올라갔다. 그러자 이상하게 두려운 마음이 들었다.

두 사람은 완벽한 연인 사이였다. 그들이 할 수 있는 일이라곤 여전히 산책밖에 없었지만 그 방식에 약간의 변화가 있었다. 그들은 손을 잡고 걸었다. 또 어깨와 팔을 바짝 붙이며 걸었다.

"행복해."

여자는 때때로 속삭였다. 그 순간 진정 행복한 사람은 남자였다. 순진한 남자였지만 영웅 심리도 있었다. 그는 한 사람의 인생을 완성시켜줄 수 있는 남자였다. 더군다나 그가 사랑한 사람의 인생에 어딘가 결함이 있었기 때문에 조금 특별한 책임감마저 느꼈다.

그녀의 산책 시간은 언제나 오후 두 시부터 세 시까지였으므로 그 시간 동안 그는 아무것도 하지 않았다. 학교 수업도 가지 않았으며, 친구들이 불러도 가지 않았다. 핸드폰도 받지 않았다. 친구들은 그에게 여자 친구가 있다는 걸 눈치 챘다. 그녀가 누구냐고 몇 번이나 캐물었지만 남자는 아무 말도 하지 않았다. 그런 모습은 처음이었기에 친구들은 보통 여자가 아닐 거라고 짐작하면서도 설마 정신병자일 거라고는 상상하지 못했다.

비바람이 몰아치는 날에도 남자는 우산을 들고 그녀를 기다렸다. 그녀는 언제나 그렇듯이 흰 원피스를 입고 나타났다.

'이런 날은 다른 옷을 입고 나와도 좋을 텐데.'

남자는 생각했다.

두 사람은 공원 주변과 건물 사이사이를 산책했다. 언제나처럼 같은 길, 같은 방향. 달라진 건 아무것도 없었다. 병원으로 돌아와서 보니 그녀가 최대한 젖지 않도록 조심했는데도 흠뻑 젖어있었다. 그녀의 흰 원피스 사이로 살구빛 어깨가 비쳤다. 남자가 그녀에게 입을 맞추었다.

그녀를 하루에 한 시간밖에 만날 수 없다는 게 남자는 참기 힘들었다. 두 사람은 언제나 병원 근처를 맴돌았다. 한 시간으로는 어딜 멀리 나갈 수도 없었다. 극장에 갈 수도 없고 카페에 들어가 차 한 잔 느긋하게 할 수도 없었다. 무엇보다도 그녀 자신이 그곳을 벗어나 다른 데 가려고 하지 않았다. 남자가 물어보면 그녀는 말없이 고개를 젓기만 했다.

그녀는 언제나 변함없었다. 처음 보았을 때와 마찬가지로 다정했으며 조금도 이상한 행동을 하지 않았다. 그녀는 언제나 흰 원피스를 입었지만 그것이 어떠한 설명도 되어줄 수는 없었다. 원피스는 그녀에게 여전히 잘 어울렸으며 놀라울 만큼 매번 깨끗하게 세탁되어 있었다. 도대체 그녀의 머리 어디가 이상하다는 걸까?

두 사람이 사귄지 한 달째 되던 날 남자는 그녀에게 병원을 나오면 안 되느냐고 물었다.

"그건 불가능해."

"왜? 넌 아무 문제없는데."

"그거랑은 관계없는 얘기야."

"네가 미친 사람 취급 받는 걸 견딜 수 없어."

"병원에만 있을 뿐이지 누구도 날 미친 사람처럼 대하지 않아."

"그럼 왜 불가능하다는 거야?"

"아무도 내가 정상이라고 믿지 않을 거야. 문제가 있는 사람의 말은 어떻게 말해도 문제가 있다고 생각해."

"내가 대신 말해주면 되잖아. 넌 미치지 않았다고. 의사 선생님이나 너희 가족들에게."

"안 돼. 누구도 내가 너랑 만나고 있는 걸 몰라. 네가 말하는 즉시 우릴 떼어놓으려고 할 걸."

"넌 조금도 이상하지 않아."

"알아. 난 조금도 이상하지 않아."

그녀가 슬픈 미소를 지었다.

시간이 지나자 남자는 조금씩 지쳐갔다. 그녀가 매번 흰 원피스를 입고 오는 것도 싫증이 났고, 그녀가 어떤 상황에서도 다정함을 잃지 않는 것도 짜증스러웠다.

그는 시간에 집착했다. 일 분, 이 분, 삼 분, 사 분……

그는 평소 잘 차지도 않던 손목시계를 두르고 다녔다. 여자는 시계도 없으면서 시간을 정확하게 지켰다. 매일 산책하면서 터득한 노하우였다. 한 치의 오차도 없이 그녀는 세 시가 되면 병원으로 돌아갔다. 두 사람이 만난 시간, 헤어질 시간. 그 둘 사이의 공간은 피아니스트가 아무래도 닿을 수 없는 건반과 건반 사이의 한 뼘처럼 정확했다.

"그만 만나자."

어느 날 남자는 그녀에게 말했다. 두 사람은 공원 벤치에 앉아 있었다.

"왜? 내가 정신병자라서?"

"아니. 난 남들처럼 평범한 데이트를 하고 싶어. 남들처럼 영화도 보고 싶고, 놀이공원도 가고 싶어. 언제까지나 이 근방만 맴도는 건 지겨워. 난 평범한 연애를 하고 싶어."

남자가 여자를 병원에 데려다주었다. 오는 내내 두 사람 다 아무 말도 하지 않았다.

"정말 나랑 헤어질 거야?"

엘리베이터에 오르기 전 여자가 물었다.

"아니."

다음날 남자는 여자를 만나러 가지 않았다.

그는 학교에 갔다. 이른 아침 아니면 오후 늦게나 나타나던 그였기에 친구들은 의아해했다.

"여자 친구랑 싸웠나보네."

친구들이 놀렸다. 하지만 그가 심각한 표정을 지었으므로 입을 다물었다.

오후 두 시가 되자 그는 초조해졌다. 반 년간 하루도 거르지 않고 거리를 산책해왔던 그였기에 무얼 해야 할지 몰랐다. 그는 '여기' 있는 자신이 어색했다. 그녀를 만나러 가지 않았을 뿐이지 세 시까지 오로지 그녀 생각만 했다.

다음날도, 그 다음날도 남자는 병원에 가지 않았다. 버스도 타지 않았다. 그는 지하철을 탔다. 그는 그녀를 떠올릴 만한 모든 걸 피하고 싶었다. 단조로운 건물들, 좁은 길, 가로수, 바람, 창문, 거리를 걷는 두 사람.

남자가 더 이상 여자를 사랑하지 않는 건 아니었다. 그 반대였다. 걷잡을 수 없는 그리움에 분하다 못해 눈물까지 흘렸다. 그는 어째서 자신이 그녀를 피하는지 알 수 없었다. 그녀는 완벽한 여자였다. 때때로 알 수 없는 말을 하긴 했지만 그녀의 시적인 눈을 보고 있노라면 그는 모든 걸 이해할 수 있었다. 그는 사랑의 기적이 너무 빨리 끝나버린 게 아쉬웠다.

남자가 여자를 완전히 잊어버리려고 한 건 아니었다. 몇 번이나 그녀를 만나러 가려고도 했다. 하지만 그가 충동을 억제할 수 없을 땐 언제나 오후 세 시 이후였으므로 포기해야만 했다.

한 달 후 그는 새로운 여자 친구를 사귀었다. 같은 학교 영

문과 학생으로 교양 수업에서 만났다. 단발머리였다. 볼이 통통했다. 그의 집과는 좀 멀긴 했지만 부모님과 함께 살았다. 정상이었다.

수업이 끝나면 두 사람은 영화도 보러 가고 저녁도 함께 먹었다. 시험기간에는 도서관에서 같이 밤을 새워 공부하기도 했다. 방학이 되자 두 사람은 기차를 타고 바닷가로 여행을 갔다. 그날 밤 둘은 함께 잤다. 남자는 그의 정신병자 애인을 완전히 잊었다.

하지만 일 년도 안 돼 관계는 삐걱거렸다. 전처럼 자주 만나지도 않았고 만나더라도 싸우는 데 시간을 허비했다. 다투는 이유도 분명하지 않았다. 싫증이 난 거라고 여자 친구가 말했다.

"네 말이 맞아."

두 사람은 헤어졌다. 평범한 연애였다. 돌이켜보면 그랬다. 추억할 만한 것도 별로 없었다. 생각해보면 더더욱 그랬다.

세 번째 여자는 발랄하고 재미있었지만 연애를 시작하는 동시에 성가신 여자로 변해버렸다. 그녀는 남자가 한 시간에 한 번씩 연락해주길 바랐으며 만일 그러지 않으면 남자가 변했다고 생각했다. 그녀는 남자의 모든 것을 알고 싶어 했다. 가족 관계, 친구, 취미, 신체 사이즈, 좋아하는 음식, 좋아하는 영화, 남자의 첫사랑까지도.

남자는 솔직하게 모든 걸 털어놓았다.

"거짓말하지 마."

"진짜야."

"그럼 지금 가도 만날 수 있겠네?"

남자는 잠시 침묵했다. 그는 오랜만에 자신의 정신병자 애인을 떠올렸다. 그녀는 아직도 그 시간의 그 거리를 지키고 있을까?

"모르겠어."

남자가 솔직하게 말했다. 여자가 높은 소리로 웃었다.

"거봐. 거짓말이잖아."

시간이 갈수록 여자 친구의 간섭은 심해졌다. 급기야 그의 비밀번호를 알아내 남자의 개인홈페이지와 이메일을 관리하고 있단 걸 알아차렸을 때 남자는 헤어지자고 말했다. 그녀는 몹시 화를 냈고 울음을 터뜨렸다.

"이제 안 그럴게. 헤어지자고 하지 마."

여자가 매달렸다.

"앞으로 연락하지 마."

달라지는 건 아무것도 없었다.

대학을 졸업하고 남자는 네 번째 여자를 만났다. 그가 일하는 회사 거래처 사람으로 그보다 네 살이 많았다. 말수가 적어서 그런지 몰라도 생각이 많아 보이는 타입이었다. 하지만 일처리 하나는 똑부러졌다.

어느 날 그녀는 그를 저녁식사에 초대한 뒤 그를 남자로 느낀다고 말해 그를 당황하게 했다.

"제 나이가 혹시 걸리시나요?"

남자는 아니라고 했다. 그 반대였다. 식사 후 남자는 그녀 대신 돈을 치렀다.

여자는 생각했던 것보다 훨씬 아는 것도 많고 교양이 넘쳤다. 이해심도 많았다. 기본적으로 인생을 소중하게 생각하는 타입이었다. 사랑도 그보다 우월할 수는 없었다. 그래서 남자는 자주 외로움을 탔다. 그녀는 남자를 변화시키려 하지도 않았지만 남자 역시 자신을 변화시킬 수 없다고 생각했다. 그녀의 세계 속에 남자는 없었다.

"넌 날 사랑하지 않는 것 같아."

생애 최초로 남자는 이런 어리석은 질문을 던졌다. 여자는 지그시 남자를 바라보다가 그의 손을 잡았다.

"넌 방금 해서는 안 될 말을 한 거야."

두 사람은 헤어졌다. 좋은 여자였다. 아쉬움은 없었다.

이후로도 남자는 몇 명의 여자를 더 만났다. 놀라울 만큼 반복적인 패턴으로 만났다가 헤어졌다. 너무 자주 그랬으므로 남자는 자신이 정말 사랑을 한 건지도 알 수 없는 기분이 들었다. 어쨌거나 그는 지금 혼자였다. 주말 저녁 가볍게 연락할 만한 여자도 없었다.

남자는 자연스레 그의 정신병자 애인을 떠올렸다. 벌써 십 년도 더 된 일이다. 그는 이제 서른이 넘었다. 예전만큼 젊지도, 혈기 넘치지도 않았지만 여전히 첫사랑의 기억을 소중히 간직하고 있었다. 십 년 동안 그는 이사를 여러 번 했다. 버스도 곧잘 탔다. 일부러 그런 건 아니지만 그녀의 동네 근처를 지날 일이 전혀 없었다. 남자는 그녀가 아직도 그 병원에 있을지 궁금했다. 그녀가 여전히 오후 두 시부터 세 시까지 그 거리를 산책하는지도 알고 싶었다.

토요일 오후 남자는 그 동네로 찾아갔다.

병원은 여전히 그곳에 있었다. 병원을 중심으로 그들이 거 닐던 길, 가게들, 길가의 나무와 보도블록까지 모든 게 그대 로였다. 변함없는 것보다 놀라운 것은 십 년이 지나도 어떤 한 장소를 그대로 기억하고 있다는 사실이었다.

그는 병원 앞에서 그녀를 기다렸다. 그녀 눈에 띄지 않도록 일부러 전화부스 안에 숨어서 기다렸다. 두 시가 되자 한 여 자가 병원에서 나왔다. 흰 원피스. 긴 밤색 머리. 깡마른 몸. 그녀는 변한 게 거의 없었다. 여전히 소름끼치게 사랑스러웠 다.

그녀가 거리를 걷기 시작하자 그는 조용히 부스 밖으로 나 왔다. 일부러 모자까지 준비해왔다. 눈 바로 위까지 푹 눌러쓴 채로 그녀가 알아채지 못하게 몰래 뒤쫓아갔다. 그녀는 거리 를, 건물 사이사이를 천천히 걸었다. 그녀의 걸음은 빠르지도, 느리지도 않았다. 이따금 멈추어 서서 허공에 긴 시선을 던졌 다.

그녀의 흰 원피스는 이따금 바람에 날려 꽃잎처럼 흔들렸 다. 그것은 조금도 낡지 않았으며 여전히 눈부시게 하얬다.

그녀는 아주 오래 전 그랬던 것처럼 커다란 나무 앞에 서서 천천히 손을 갖다 댔다.

"나무야. 넌 눈도 없고 귀도 없지만 날 볼 수 있고 내 목소 릴 들을 수 있겠지. 죽을 때까지 여기 못박혀 살겠지만 그래 서 훨씬 더 오래토록 누군갈 사랑하겠지."

남자는 천천히 여자 앞으로 다가갔다.

"오랜만이야."

남자의 목소리가 떨렸다.

"잘 지냈어?"

여자의 표정에는 변화가 없었다. 십 년 전 그랬던 것처럼 말없이 남자의 얼굴을 바라볼 뿐이다. 그 눈에 미움이나 증오는 찾아볼 수 없었다. 오히려 아이처럼 호기심이 가득한 눈이었다.

두 사람은 천천히 걸음을 옮기기 시작했다. 시간이 흐르고 계절이 바뀌듯 모든 게 자연스러웠다.

동네 사람 중 한 명이 두 사람을 발견했다. 그는 남자를 기억하고 있었다. 그는 가게 밖으로 나와 한참 동안 두 사람의 뒷모습을 쳐다보았다.

'그가 돌아왔군.'

다른 사람들도 마찬가지였다. 옛날처럼 당혹스럽거나 불쾌한 표정은 아니었다. 그들은 마치 추억 속의 그림을 다시 발견한 것처럼 아련한 시선을 그들에게 보냈다.

그들도 그때보다는 나이가 들었다. 십 년이나 지난 것이다. 그들은 오래 전 그녀에 대한 생각 역시 바꾸었다. 그녀가 정신 병자치고는 너무 평범했기 때문이다.

두 사람은 공원 벤치에 앉았다. 십 분 후면 돌아가야 했지만 상관없었다. 남자는 행복했다. 그에게 이제 시간은 중요하지 않았다.

파조破鳥

그날 아침 부동산 중개업자 조 씨는 가게 문을 열고 깜짝 놀랐다. 바닥에 커다란 깃털이 떨어져 있었다. 흰색이 듬성듬성 섞인 검고 잿빛의 깃털들이.

이 동네에서 삼십 년 넘게 일했지만 깃털이 가게 안에 떨어져 있는 걸 한 번도 본 적이 없다. 예전에 비둘기 한 마리가 열린 문 안으로 들어와 똥을 지린 적은 있지만.

그는 꼭 닫힌 창문의 이중잠금 장치를 보았다. 책상 밑과 바닥에 깔아둔 분재 사이도 꼼꼼히 살펴보았다. 그는 어떻게든 비둘기가 가게 안으로 들어왔을 거라고 생각했다. 깃털은 의미심장하게 무려 여덟 개나 흩어져 있었으므로.

그는 깃털을 주워 휴지통에 버리고 소파에 앉았다.

'살다 보니 별 일도 다 있네.'

비둘기는 보이지 않았다. 조 씨는 포기하고 소파에 앉았다. 문앞에 떨어져 있던 신문을 펼쳤다. 흥미로운 기사는 하나도 없었다. 세상은 모습만 다를 뿐 결국은 같은 사건들로 가득 차 있었다. 하나가 해결되면 다른 하나가 문제를 일으켰다. 나아진 건 하나도 없었다. 역사적으로 기록할 만한 인간들만 계속해서 배출할 뿐이었다.

그는 신문을 두 장씩 겹쳐서 넘기며 다른 생각에 잠겨 있었다. 어제 그를 찾아온 가난한 젊은 부부를.

조 씨는 그들이 오늘 계약을 하러 올지 궁금했다. 조 씨는 어제 그들을 위해 네 군데의 집을 보여주었던 것이다. 늘 그렇듯이 비싸고 깔끔한 방을 먼저 보여준 다음 낡고 허름한 방 순으로 옮겨갔다.

두 사람의 표정엔 큰 변화가 없었다. 어린애들처럼 두 손을 잡고 딱 붙어선 채로 겁에 질린 눈을 하고 있었다. 그가 농담을 던져도 우물쭈물하기만 했다.

사무실로 돌아온 조 씨가 두 사람에게 커피를 건넸다.

"천천히 결정해도 돼요."

조 씨는 서글서글한 인상만큼이나 정감 가는 말투로 그들을 안심시켰다. 조바심을 낼 필요는 없었다. 그들은 정말로 집이 급해보였고 다른 곳을 찾아갈 만큼 풍족하지도, 건강해보이지도 않았기 때문이다.

그들은 낡은 소파에 몸을 구겨 넣은 채 아무 말도 하지 않았다. 여전히 어린애처럼 서로의 손을 꽉 잡은 채 앉아 있었다. 다른 손님들이 들이닥쳤고 조 씨는 그들을 상대하느라 젊은 부부를 신경 쓰지 못했다. 고개를 돌렸을 때 그들은 보이지 않았다.

조 씨는 사무실 문밖을 열고 나갔다. 거리에 사람들은 많지 않았다. 하늘을 보니 몹시 흐렸다. 그는 자신이 잠든 새 폭우가 몰아쳤을지도 모른다고 생각했다. 그래서 가엾은 새 한 마리가 몰래 들어왔을지도 모른다고 생각하며 이맛살을 찌푸렸다.

초등학교 교사 정 씨는 학교에 가기 전 병원에 들를 예정이었다. 교장은 당분간 그렇게 하라며 옆반 신 씨가 반 아이들을 대신 돌봐주도록 했다.

교장은 아이의 이상한 점을 발견하지 못했냐며 화를 냈다. 정 씨는 준우가 음악 시간에 노래를 안 부르고, 미술 시간에 연필을 부러뜨리고, 친구들이 점심을 다 먹고 나면 밥을 먹는 것 외에는 특별히 이상한 점을 발견하지 못했다고 했다.

"일기장에는요? 뭔가 이상한 게 없었습니까?"

정 씨는 생각에 잠겼다. 준우는 어린아이치고는 표현력이 풍부했다. 기록할 만한 게 없는 날에는 그날 먹은 음식이나 자동차, 자기 집 강아지, 구름과 나무 등을 소재로 시를 썼다. (사실상 그게 대부분이었지만.) 산수는 못했지만 열 살짜리 애가 뭔가를 곱하고 나누는 데 흥미를 느끼는 게 더 이상한 일이라고 생각했다.

아버지는 평범한 회사원, 어머니는 평범한 주부였다. 한 번도 만난 적 없지만 기록부에 그렇게 적혀 있었다.

관심을 끌고 싶었던 거라고 아동심리 치료사는 말했다.

"관심이라니요? 누구 관심을요?"

아이는 교실 창문을 통해 아래로 떨어졌다. 부드러운 잔디와 화단에 있던 나무가 아이를 받쳐주었다. 상처는 심하지 않았지만 한 달은 입원해야 정상적으로 생활할 수 있을 거라고 했다. 열 살짜리 애가 저지른 짓은 신경불안 증세에 시달리는 어른이 하는 행동과 조금도 다르지 않았다. 십 년 전 그녀처럼.

정 씨는 구두를 신는 동시에 팔을 뻗어 신발장 옆을 더듬었다. 걸려 있어야 할 자동차 키가 잡히지 않았다. 차 키는 바닥에 떨어져 있었다. 그녀는 쪼그려 앉았다. 거기엔 차키 말고 다른 것도 떨어져 있었다. 희고 어두운 빛깔의 깃털. 그녀는 깃털을 집어 들고 이것이 왜 여기 있을까 생각했다.

정 씨는 고개를 돌려 자신의 집안을 바라보았다. 19평짜리 낡은 아파트는 현관에서도 안이 훤히 다 들여다보였다. 갈색 소파, 2인용 식탁, 좁고 지저분한 주방, 열린 침실 문틈으로 보이는 흐트러진 이불자락.

그녀는 깃털을 가만히 쳐다보았다. 조금 찜찜했지만 시간이 별로 없었다. 그녀는 깃털을 내려놓고 밖으로 나갔다.

병원은 그녀의 집에서 30분 떨어진 곳에 있었다. 그녀는 병실로 가기 전 먼저 간호사에게 아이의 상태를 물었다. 아침밥도 잘 먹고 주사도 잘 맞았다고 했다.

병실로 가자 침대는 텅 비어 있었다.

대기업에 다니는 회사원 최 씨는 출근길에 어김없이 늙은 남자를 보았다. 허리가 굽고 반백인 남자는 양복을 곱게 차려 입고 길가에 서 있었다. 담배를 피우지도, 세차를 하지도 않았다. 그는 어정쩡하게 서서 사람들을 쳐다보았다.

"누가 쓰레길 몰래 버리지 않는지 감시하는 거야."

편의점 사장이 말했다.

최 씨에겐 늙은 남자 말고도 신경 쓰이는 사람이 한 명 더 있었다. 그와 같은 회사에서 일하는 여직원 X. 그는 그녀를 사랑했다.

예민하고 신경질적인 그녀는 사람들을 불쾌하게 만들었다. 무슨 말을 하기만 하면 눈부터 치켜떴고 절대 먼저 인사를 하는 법이 없었다. (그건 최 씨에게도 예외가 아니었다.)

"하여간 진짜 재수 없는 여자야."

사람들이 중얼거렸다. 최 씨는 자기 취향이 성난 여자였나 부끄러웠지만 곧 생각을 바꿨다.

그는 성난 여자가 아니라 외로운 여자에게 끌리는 것이다!

점심때면 그는 구내식당에서 줄을 서 있는 그녀를 발견하곤 했다. 입을 꼭 다물고 사람들과 어울려 재잘대기보다 물개 같은 미소를 짓는 그녀를.

여자는 한번 자리에 앉으면 거의 일어나는 일이 없었다. 가장 늦게 퇴근했다. 일을 잘한다는 소문은 없었다. 사실상 그녀에 관한 소문은 전무하다고 봐도 좋다.

최 씨는 그녀에게 말을 걸어보고 싶었다. 부서가 달라서 부딪칠 일이 거의 없었기 때문이다. 그는 일부러 늦게 퇴근하기로 했다.

그날 밤에도 그녀는 늦게까지 자리에 남아 있었다. 마침내 그 거대한 십 층짜리 빌딩에 둘만 남게 되었을 때 그는 밖으로 나갔다. 커피를 사들고 돌아왔을 때 그녀는 보이지 않았다.

환하게 켜진 모니터, 펜과 계산기로 어지럽혀진 책상, 핸드백이 그녀의 자리에 그대로 남아 있었다. 그는 책상 위에 책한 권이 펼쳐져 있는 것도 보았다. 프랑스 대문호의 책으로 한번도 읽어본 적은 없지만 아는 책이었다. 그녀가 멀리 간 것 같지는 않았다. 잠깐 바람을 쐬러 갔거나 화장실에 갔을 것이다.

최 씨는 망설이다가 책상 위에 커피를 올려놓고 나왔다.

그날 밤 최 씨는 잠을 이루지 못했다. 그는 몹시 흥분했다. 회사에 홀로 남아 소설을 읽는 여자란 얼마나 매력적인가?

최 씨는 옥상에 올라가 담배를 피웠다. 맞은편 건물 창문에 불이 환하게 켜져 있었다. 흔한 커튼도 달려 있지 않은 후줄그레한 방안에 한 남자가 앉아 있었다. 흰 러닝과 파자마 차림이었지만 매일 아침 양복 차림으로 길 가는 사람들을 지켜보는 노인인 걸 알아볼 수 있었다. 남자는 뭔가를 들고 한참 바라보고 있었다. 처음엔 뭔지 잘 몰랐는데 자세히 보니 깃털이었다.

"그분은 작가예요. 신문에서 봤어요."

편의점 알바생이 말했다.

다음날 그는 조금 긴장되는 마음으로 회사에 갔다. 여직원 X의 자리는 비어 있었다. 다음날도 그 다음날도 나타나지 않았다.

최 씨는 매일 밤 늙은 남자가 커다란 깃털을 든 채 앉아 있는 걸 본다. 그것은 재작년 파리에서 본 빅토르 위고의 깃펜을 떠올리게 했다.

올해 일흔 살이 된 조류전문가 임 씨는 사회에 교훈이 될 만한 신문사로부터 칼럼 하나를 써달라는 의뢰를 받았다. 조류전문가인 그가 선택된 것은 당시 문제가 된 조류인플루엔자 때문이었지만 그는 그것과 관계없는 글을 쓰고 싶었다. 그는 고민 끝에 파조에 대해 쓰기로 했다. 그것은 최근 그가 관심을 쏟고 있는 휘파람새와 그의 공상이 반쯤 버무려진 것이었지만 관계없었다. 그가 그 분야에서 가장 저명했으므로 누구도 진실은 알 수 없을 터였다.

파조破鳥를 실제로 본 사람은 없다. 하지만 전설의 새라고는 말할 수 없다. 천 년이 넘는 세월 동안 세계 곳곳에서 파조에 관한 기록이 끊이지 않고 나오고 있기 때문이다.

파조는 겁이 많다. 그래서 사람들을 피해 숨어 살며 사람들 눈에 띄는 즉시 빛과 같이 사라져버려서 사람들은 자기가 현기증을 일으켰다고 착각한다. 파조는 파조끼리도 어울리지 않는다. 파조의 특이한 점은 수명이 다하기 전에 자살해버린다는 것이다. 그래서 파조의 수명은 정확하게 알려진 바가 없다.

파조가 자살하는 때는 자신이 겁쟁이인 걸 수치스럽게 느끼는 순간이다. 그래서 파조는 온몸에 힘을 주어 내장까지 색을

없애버린다. (실제로 파조가 변하는 걸 봤다고 주장하는 사람들이 있다) 한번 투명해진 파조는 두 번 다시 자기 색을 찾을 수 없다. 그 과정에서 몇 개의 깃털이 떨어지기도 하는데 그 깃털을 통해서 파조가 몸길이 약 18cm이며 쥐색 깃털을 가진 걸 추정해볼 따름이다.

사라진 파조가 어디 있는지는 모른다. 정말로 죽었을지도 모르고, 어쩌면 불사조처럼 영원히 살아 당신 주위를 날고 있을지도 모른다. 확실한 것은 파조의 공포는 그걸로 끝이 난다는 것이다. 더 이상 부끄러워할 필요가 없으며 비로소 보통의 새들처럼 살아갈 수 있다. 그것이 파조다.

우리는 어떻게 자유를 빼앗겼는가

그녀는 벌써 한 달 넘게 소파를 사고 싶다고 말했다.

"내 몸이 전부 들어가는 큼직한 소파 말이야."

우리는 주말에 미술관 '빛과 예술전'에 갔는데 하필이면 로비에 그녀가 말한 큼직한 소파가 있었다. 일부러 못 본 척했지만 그녀는 벌써 커다란 엉덩이를 흔들며 그쪽으로 달려가고 있었다.

한 달 후 그녀는 이번에는 욕조를 사고 싶다고 말했다.

"내 몸을 완전히 담글 수 있는 커다란 욕조 말이야."

그녀는 7천만 원짜리 전세방에 살았다. 그녀의 욕실은 1평도 안되었다. 나는 이번 주에 부모님이 내려가시니 그때 와서 욕실을 사용하는 게 어떻겠느냐고 말했다.

"그런 의미가 아냐."

그녀가 분통을 터뜨렸다.

"난 그냥 쉬고 싶은 거야."

나는 당황해서 그럼 쉬면 되잖아, 라고 말했다. 지금 생각하면 한심한 대답이지만 곰곰이 생각하면 누구라도 그렇게밖에 말하지 못했을 것이다.

"바보, 난 너랑 결혼하고 싶은 거야."

나는 충격을 받았다. 첫째는 내가 결혼을 한 번도 생각해본 적이 없기 때문이고, 둘째는 내 여자 친구가 빈대인 줄 몰랐기 때문이다.

"왜 대답을 못해? 너도 겨우 거기까지였던 거야?"

그녀는 더욱 아리송한 말들을 늘어놓고 있었다. 나는 잠깐이지만 그녀가 내 아내가 되었다고 가정해보았다. 소파와 욕조의 비유를 통해 자신의 속내를 털어놓는 여자와 사는 건 스핑크스와 사는 것과 비슷할 것이다. 내가 아직 경제적으로 안정된 상태가 아니라고 말하자 그녀가 콧방귀를 뀌었다.

"가난한 남자일수록 얼른 결혼하고 싶어해. 가난한 집일수록 자식들을 주렁주렁 낳고. 가난한 사람일수록 저지르길 좋아하지. 잃을 게 없으니까. 넌 날 사랑하지 않는 거야."

그녀와 나는 3년 전 취업 스터디에서 만났다. 서로의 자소서를 봐주고 면접도 봐주다가 호감이 생겼다. 말하자면 그건 예정된 일이었다. 그녀의 할 일은 자기가 얼마나 잘났는지 우리 앞에서 -스터디 인원은 총 4명이었다- 설득하는 일이었고 내 할 일은 그런 그녀에게 끌리는 일이었으니까.

그녀의 집안, 학창시절, 성적, 취미, 가치관, 심지어 그녀가 살면서 겪은 인생의 크나큰 시련까지. 그녀는 흠잡을 데 없는 여자였다. 그것은 평소 내가 꿈꾸던 여성상과 완전히 일치했다. 문제는 이 모든 것이 전적으로 그녀의, 그녀에 의한, 그녀를 위한 이야기였다는 거지만. 그것만으로 그녀를 전부 알아버렸다고 생각하다니 바보였다.

이번 일만 해도 그렇다. 그녀는 바늘구멍만큼 들어가기 어렵다는 대기업에 취직해놓고 2년도 안 돼 그만두고 싶다고 말하는 것이다. 그녀는 평범한 주부가 되고 싶다고 했다.

"대체 평범한 주부가 뭐야?"

비꼬려는 게 아니라 진짜 몰라서 물어본 거다.

"애 낳고 살림하고, 남편 뒷바라지 하는 뭐 그런 거지."

그녀가 한쪽 어깨를 살짝 들고 내 눈을 힐끔 쳐다봤다. 마치 어린 시절 우리 누나가 아버지 돈을 노릴 때 짓던 눈매와 비슷했다.

나는 그녀에게 다시 생각해보는 게 좋겠다고 대답했다. 어쨌거나 이것은 현 상황에서 최선이 아니라고 말이다.

"네가 소파를 사고 싶다고 하면 사줄게. 네가 언제든 반신욕을 즐길 수 있게 목욕탕 정기권도 끊어줄 수 있어. 하지만 결혼은 아냐."

우린 3년간 만났고 그사이 몇 번 싸우긴 했지만 이렇게까지 그녀가 나를 혼란스럽게 만든 건 처음이었다.

"나랑 결혼할 마음이 있긴 있는 거야?"

그녀가 쏘아붙였다.

"당연하지."

물론 이건 사실이 아니다. 그녀와 헤어지고 나서 몇날며칠 밤잠을 설치며 고민한 결과 나는 내가 독신주의자라고 확신했다. 나는 그녀와 결혼할 마음이 없다. 그건 내게도, 그녀에게 도 불행한 일이 될 것이다.

결혼은 사람을 의존적으로 만들고, 게으르게 만들며, 편협하 게 만들고, 만족할 줄 모르게 만든다. 내가 아는 한 '멋있는' 유부남은 못 봤다. '멋있는' 유부녀도 본 적이 없다. 그들은 그 냥 '아저씨', '아줌마'일 뿐이다.

나는 그녀에게 헤어지자고 말하기로 마음먹었다. 어느 일요 일 오후 우리는 샤브샤브집에 마주앉았다. 원래는 식사 후에 카페 같은 데 가서 차분히 얘기하려고 했는데 그녀가 또다시 결혼 얘기를 꺼내는 바람에 어쩔 수 없었다.

이야기를 끝냈을 때 그녀의 얼굴이 하얗게 질려 있었다. 뭔 가 잘못되었다고 직감한 순간 그녀가 울음을 터뜨렸다.

"쪽팔리게 왜 이래."

내가 무안해서 주변을 둘러보았다.

"뭐? 쪽팔려?"

"나가서 얘기하자."

"싫어."

"왜 이래? 어린애처럼 굴지 마."

그녀가 갑자기 자지러지며 웃었다.

"어린애 같은 건 너야. 그 눈치로 어떻게 밥 벌어먹고 사는 지 알 수가 없다. 나 임신했어. 너 같은 놈을 믿고 따라가려고 생각한 내가 등신이지."

그녀가 탁 하고 신경질적으로 젓가락을 내려놓았다. 매니저 가 무슨 일인가 싶어 우리 쪽으로 다가왔다가 분위기를 눈치

채고 슬금슬금 사라졌다. 그녀가 핸드백을 뒤져 사진 한 장을 꺼내 휙 내던졌다.

"누군 뭐 너랑 결혼하고 싶은 줄 알아? 나도 너만큼이나 내 자유가 소중해. 근데 이걸 봐. 비겁한 새끼."

그녀가 설움이 북받쳤는지 엉엉 울기 시작했다. 사람들이 나를 짐승만도 못한 놈처럼 쳐다보는 게 느껴졌다. 나는 내 앞에 던져진 사진을 물끄러미 바라보았다. 뭐가 뭔지 잘 모르겠지만 심해 속 해파리처럼 보이는 게 내 애라고 했다.

나는 이런 식으로 내 인생이 결정된 것을 놀랍게 생각했다. 싫진 않았다. 내가 정말 놀란 점은 바로 이것이다.

"울지 마."

나는 그녀를 달랬다. 그녀는 계속 울었다. 국물이 보글보글 끓었다. 아줌마가 다가와 육수를 부어주었다. 그렇게 우리는 싱겁게 자유를 빼앗겼다.

모자란 개

이모는 벌써 대문을 두 번이나 새로 달았다고 말했다.

"대문을 훔쳐갔거든."

믿을 수 없었다. 대문을 훔치는 사람이 있다니! 이모는 좀 전의 근심에 싸인 표정은 어디 가고 신이 나서 말했다.

"별로 이상한 일은 아니야. 돈이 되거든. 꽤 중량이 나가는 고철이니까."

이모는 도둑이 대문을 또 떼어갈까봐 겁이 난다고 했다. 대문이 바깥에 있어서 감시할 수도 없고 말이다.

나는 붉은 가로등 불빛 아래 자기 몸보다 큰 대문을 등에 짊어지고 가는 남자를 떠올렸다. 체구가 작고 깡마른 남자. 그가 내가 아니라고 누가 말할 수 있겠는가?

나는 이모에게 개를 키우는 게 어떻겠냐고 말했다. 발자국 소리만 나도 기겁하며 짖어대는 소심한 덩치로 말이다. 이모는 내가 농담한다고 생각하고 큰소리로 웃었다. 이모의 단점은 그거다. 사람 말을 절대로 귀담아 듣지 않는다.

며칠 후 나는 이모 집 대문을 훔쳤다. 대문을 떼는 일은 생각보다 쉬웠다. 나는 그것을 가까운 고물상에 팔아치웠다. 이모는 욕을 하면서 대문을 세 번째로 다시 달았다.

이모는 개도 한 마리 샀다. 개장수에게 특별히 겁 많은 덩치로 주문했다. 개장수는 이상하게 생각하며 머리가 약간 모자란 셰퍼드 한 마리를 팔았다.